万榕

传播新知 优美表达

做个寂寞的闲人

梁实秋 著

北方联合出版传媒(集团)股份有限公司
万卷出版有限责任公司

图书在版编目（CIP）数据

做个寂寞的闲人 / 梁实秋著. — 沈阳：万卷出版有限责任公司，2022.6

ISBN 978-7-5470-5862-6

Ⅰ. ①做… Ⅱ. ①梁… Ⅲ. ①散文集－中国－现代 Ⅳ. ①I266

中国版本图书馆CIP数据核字（2021）第244696号

出 品 人：王维良
出版发行：北方联合出版传媒（集团）股份有限公司
万卷出版有限责任公司
（地址：沈阳市和平区十一纬路29号 邮编：110003）
印 刷 者：北京君达艺彩科技发展有限公司
经 销 者：全国新华书店
幅面尺寸：145mm × 210mm
字 数：158千字
印 张：8
出版时间：2022年6月第1版
印刷时间：2022年6月第1次印刷
选题策划：王会鹏
责任编辑：李 明
责任校对：张希茹
版式设计：任展志
封面设计：任展志
ISBN 978-7-5470-5862-6
定 价：49.80元
联系电话：024-23224081
邮购热线：024-23224481

目录

辑一　忘情于诗酒，寂寞是清福

辑二 闲居有风月，万物有性情

辑三　食一碗烟火，偷半日浮闲

辑一

忘情于诗酒，寂寞是清福

我所谓的寂寞，
是随缘偶得，无须强求，
一霎间的妙悟也不嫌短，
失掉了也不必怅惘。

闲暇

英国18世纪的笛福，以《鲁滨逊漂流记》一书闻名于世，其实他写小说是在近六十岁才开始的，他以前的几十年写作差不多全是以新闻记者的身份所写的散文。最早的一本书一六九七年刊行的《设计杂谈》(*An Essay Upon Projects*)是一部异趣横生的奇书，我现在不准备介绍此书的内容，我只要引其中的一句话：“人乃是上帝所创造的最不善于谋生的动物；没有别的一种动物曾经饿死过；外界的大自然给它们预备了衣与食；内心的自然本性给它们安设了一种本能，永远会指导它们设法谋取衣食；但是人必须工作，否则就挨饿，必须做奴役，否则就得死；他固然是有理性指导他，很少人服从理性指导而沦于这样不幸的状态；但是一个人年轻时犯了错误，以致后来颠沛困苦，没有钱，没有朋友，没有健康，他只好死于沟壑，或是死于一个更恶劣的地方——医院。”这一段话，不可以就表面字义上去了解，须知笛福是一位“反语”大师，他惯说反话。人为万物之灵，谁不知道？事实上，在自然界里一大批一大批饿死的是禽兽，不是人。人要适合于理性的生活，要改善生活状态，所以才要工作。笛福本人是工作极为勤奋的人，他办刊物、写文章、做生意，从军又服官，一生忙个不停。就是在这本《设计杂谈》里，他也提出了许多高瞻远瞩的计划，像预言一般后来都一一实现了。

人辛勤困苦地工作，所为何来？夙兴夜寐，胼手胝足，如果纯是为了温饱像蚂蚁蜜蜂一样，那又何贵乎做人？想起罗马皇帝马可·奥勒利乌斯的一段话：

> 在天亮的时候，如果你懒得起床，要随时作如是想："我要起来，去做一个人的工作。"我生来就是为了做那工作的，我来到世间就是为了做那工作的，那么现在就去做那工作又有什么可怨的呢？我既是为了这工作而生的，那么我应该蜷卧在被窝里取暖吗？"被窝里较为舒适呀。"那么你是生来为了享乐的吗？简言之，我且问你，你是被动地还是主动地要有所作为？试想每一个小的生物，每一只小鸟、蚂蚁、蜘蛛、蜜蜂，它们是如何地勤于劳作，如何地克尽厥职，以组成一个有秩序的宇宙。那么你可以拒绝去做一个人的工作吗？自然命令你做的事还不赶快地去做吗？"但是一些休息也是必要的呀。"这我不否认。但是根据自然之道，这也要有个限制，犹

如饮食一般。你已经超过限制了，你已经超过足够的限量了。但是讲到工作你却不如此了；多做一点你也不肯。

这一段策励自己勉力工作的话，足以发人深省，其中“以组成一个有秩序的宇宙”一语至堪玩味。使我们不能不想起古罗马的文明秩序是建立在奴隶制度之上的。有劳苦的大众在那里辛勤地劳作，解决了大家的生活问题，然后少数的上层社会人士才有闲暇去做“人的工作”。大多数人是蚂蚁、蜜蜂，少数人是人。做“人的工作”需要有闲暇。所谓闲暇，不是饱食终日无所用心之谓，是免于蚂蚁、蜜蜂般的工作之谓。养尊处优，嬉遨惰慢，那是蚂蚁、蜜蜂之不如，还能算人！靠了逢迎当道，甚至为虎作伥，而猎取一官半职或是分享一些残羹冷炙，那是帮闲或是帮凶，都不是人的工作。奥勒利乌斯推崇工作之必要，话是不错，但勤于劳作亦应有个限度，不能像蚂蚁、蜜蜂那样地工作。劳动是必须的，但劳动不应该是终极的目标。而且劳动亦不应该由一部分负担而令另一部分坐享其成果。

人类最高理想应该是人人能有闲暇，于必须的工作之余还能有闲暇去做人，有闲暇去做人的工作，去享受人的生活。我们应该希望人人都能属于“有闲阶层”。有闲阶层如能普及于全人类，那便不复是罪恶。人在有闲的时候才最像是一个人。手脚相当闲，头脑才能相当地忙起来。我们并不向往六朝人那样萧然若神仙的样子，我们却企盼人人都能有闲暇去发展他的智慧与才能。

寂寞

寂寞是一种清福。我在小小的书斋里，焚起一炉香，袅袅的一缕烟线笔直地上升，一直戳到顶棚，好像屋里的空气是绝对的静止，我的呼吸都没有搅动出一点波澜似的。我独自暗暗地望着那条烟线发怔。屋外庭院中的紫丁香树还带着不少嫣红焦黄的叶子，枯叶乱枝的声响可以很清晰地听到，先是一小声清脆的折断声，然后是撞击着枝干的磕碰声，最后是落到空阶上的拍打声。这时节，我感到了寂寞。在这寂寞中我意识到了我自己的存在——片刻的孤立的存在。这种境界并不太易得，与环境有关，但更与心境有关。寂寞不一定要到深山大泽里去寻求，只要内心清净，随便在市廛里，陋巷里，都可以感觉到一种空灵悠逸的境界，所谓“心远地自偏”是也。在这种境界中，我们可以在想象中翱翔，跳出尘世的渣滓，与古人同游。所以我说，寂寞是一种清福。

在礼拜堂里我也有过同样的经验。在伟大庄严的教堂里，从彩画玻璃窗透进一股不很明亮的光线，沉重的琴声好像是把人的心都洗淘了一番似的，我感觉到了我自己的渺小。这渺小的感觉便是我意识到自己存在的明证。因为平常连这一点点渺小之感都不会有的！

我的朋友萧丽先生卜居在广济寺里，据他告诉我，在最近一个夜晚，月光皎洁，天空如洗，他独自踱出僧房，立在大雄宝殿前的石阶上，翘首四望，月色是那样的晶明，蓊郁的树是那样的静止，寺院是那样的肃穆，他忽然顿有所悟，悟到永恒，悟到自我的渺小，悟到四大皆空的境界。我相信一个人常有这样的经验，他的胸襟自然豁达辽阔。

但是寂寞的清福是不容易长久享受的。它只是一瞬间的存在。世间有太多的东西不时地提醒我们，提醒我们一件煞风景的事实：我们的两只脚是踏在地上的呀！一只苍蝇撞在玻璃窗上挣扎不出，一声“老爷太太可怜可怜我这瞎子吧”，都可以使我们从寂寞中间一头栽出去，栽到苦恼烦躁的旋涡里去，至于“催租吏”一类的东西之打上门来，或是“石壕吏”之类的东西半夜捉人，其足以使人败兴生气，就更不待言了。这还是外界的感触，如果自己的内心先六根不净，随时都意马心猿，则虽处在最寂寞的境地里，他也是慌成一片忙成一团，六神无主，暴躁如雷，他永远不得享受寂寞的清福。

如此说来，所谓寂寞不即是一种唯心论，一种逃避现实的现象吗？也可以说是。一个高蹈隐遁的人，在从前的社会里还可以存在，而且还颇受人敬重，在现在的社会里是绝对的不可能。现在似乎只有两种类型的人了，一是在现实的泥淖中打转的人，一是偶然也从泥淖中昂起头来喘几口气的人。寂寞便是供人喘息的几口清新空气。喘几口气之后还得耐心地低头钻进泥淖里去。所以我对于能够昂首物外的举动并不愿再多苛责。逃避现实，如果现实真能逃避，吾寤寐以求之！

有过静坐经验的人该知道，最初努力把握着自己的心，叫它什么也不想，那是多么困难的事！那是强迫自己入于寂寞的手段，所谓参禅入定全属于此类。我所赞美的寂寞，稍异于是。我所谓的寂寞，是随缘偶得，无须强求，一霎间的妙悟也不嫌短，失掉了也不必怅惘。但凡我有一刻寂寞时，我要好好地享受它。

快乐

天下最快乐的事大概莫过于做皇帝。“首出庶物，万国咸宁。”至不济可以生杀予夺，为所欲为。至于后宫粉黛三千，御膳八珍罗列，更是不在话下。清乾隆皇帝，“称八旬之觞，镌十全之宝”，三下江南，附庸风雅。那副志得意满的神情，真是不能不令人兴起“大丈夫当如是也”的感喟。

在穷措大眼里，九五之尊，乐不可支。但是试问古今中外的皇帝于地下，问他们一生中是否全是快乐，答案恐怕相当复杂。西班牙国王拉曼三世（Abder Rahman Ⅲ，960）说过这么一段话：

> 我于胜利与和平之中统治全国约五十年，为臣民所爱戴，为敌人所畏惧，为盟友所尊敬。财富与荣誉，权力与享受，呼之即来，人世间的福祉，从不缺乏。在这情形之中，我曾勤加计算，我一生中纯粹的真正幸福日

子，总共仅有十四天。

御宇五十年，仅得十四天真正幸福日子。我相信他的话。宸谟睿略，日理万机，很可能不如闲云野鹤之怡然自得。于此我又想起从一本英语教科书上读到的一篇寓言。题目是“一个快乐人的衬衫”。某国王，端居大内，抑郁寡欢，虽极耳目声色之娱，而王终不乐。左右纷纷献计，有一位大臣言道：如果在国内找到一位快乐的人，把他的衬衫脱下来，给国王穿上，国王就会快乐。王韪其言，于是使者四处寻找快乐的人。访遍了朝廷显要，朱门豪家，人人都有心事，家家都有一本难念的经，都不快乐。最后找到一位农夫，他耕罢在树下乘凉，裸着上身，大汗淋漓。使者问他：“你快乐吗？”农夫说：“我自食其力，无忧无虑！快乐极了！”使者大喜，便索取他的衬衣。农夫说：“哎呀！我没有衬衣。”这位农夫颇似我们的禅门之“一丝不挂”。

常言道，“境由心生”，又说“心本无生因境有”。总之，快乐是一种心理状态。内心湛然，则无往而不乐。吃饭睡觉，稀松平常之事，但是其中大有道理。大珠《顿悟入道要门论》：“有源律师来问：‘和尚修道，还用功否？’师曰：‘用功。’曰：‘如何用功？’师曰：‘饥来吃饭，困来即眠。’曰：‘一切人总如是，同师用功否？’师曰：‘不同。’曰：‘何故不同？’师曰：‘他吃饭时不肯吃饭，百种须索，睡时不肯睡，千般计较。所以不同也。’律师杜口。”可是修行到心无挂碍，却不是容易事。我认识一位唯心论的学者，平素昌言意志自由，忽然被人绑架，系于暗室十有余日，备受凌辱，释出后他对我说："意志自由固然不诬，但是如今我才知道身体自由更为重要。"常听人说烦恼即菩提，我们凡人遇到烦恼只是深感烦恼，不见菩提。

快乐是在心里，不假外求，求即往往不得，转为烦恼。叔本华的哲学是：苦痛乃积极的实在的东西，幸福快乐乃消极的根本不存在的东西。所谓快乐幸福乃是解除苦痛之谓。没有苦痛便是幸福。再进一步看，没有苦痛在先，便没有幸福在后。梁任公先生曾说："人生最快乐的事，莫过于看着一件工作的完成。"在工作过程之中，有苦恼也有快乐，等到大功告成，那一份"如愿以偿"的快乐便是至高无上的幸福了。

有时候，只要把心胸敞开，快乐也会逼人而来。这个世界，这个人生，有其丑恶的一面，也有其光明的一面。良辰美景，赏心乐事，随处皆是。智者乐水，仁者乐山。雨有雨的趣，晴有晴的妙，小鸟跳跃啄食，猫狗饱食酣睡，哪一样不令人看了觉得快乐？就是在路上，在商店里，在机关里，偶尔遇到一张笑容可掬的脸，能不令人快乐半天？有一回我住进医院里，僵卧了十几天，病愈出院，刚迈出大门，陡见日丽中天，阳光普照，照得我睁不开眼，又见市廛熙攘，光怪陆离，我不由得从心里欢叫起来："好一个艳丽盛装的世界！"

"幸遇三杯酒美，况逢一朵花新。"我们应该快乐。

书房

书房，多么典雅的一个名词！很容易令人联想到一个书香人家。书香是与铜臭相对的。其实书未必香，铜亦未必臭。周彝商鼎，古色斑斓，终日摩挲亦不觉其臭，铸成钱币才沾染市侩味，可是不复流通的布帛刀错又常为高人赏玩之资。书之所以为香，大概是指松烟油墨印上了毛边连史，从不大通风的书房里散发出来的那一股怪味，不是桂馥兰熏，也不是霉烂馊臭，是一股混合的难以形容的怪味。这种怪味只有书房里才有，而只有士大夫家才有书房。书香人家之得名大概是以此。

寒窗之下苦读的学子多半是没有书房，囊萤凿壁的就更不用说。所以对于寒苦的读书人，书房是可望而不可即的豪华神仙世界。伊士珍《琅嬛记》："张华游于洞宫，遇一人引至一处。别是天地，每室各有奇书，华历观诸室书，皆汉以前事，多所未闻者，问其地，曰：'琅嬛福地也。'"这是一位读书人希求冥想一个理想的读书之所，乃托之于神仙梦境。其实除了赤贫的人饔飧不继谈不到书房外，一般的读书人，如果肯要一个书房，还是可以好好布置出一个来的。有人分出一间房子来养鸡，也有人分出一间房子养狗，就是匀不出一间做书房。我还见过一位富有的知识分子，他不但没有书房，也没有书桌，我亲见他的公子趴在地板上读书，他的女公子用块木板在沙发上写字。

一个正常的良好的人家，每个孩子应该拥有一个书桌，主人应该拥有一间书房。书房的用途是庋藏图书并可读书写作于其间，不是用以公开展览借以骄人的。“丈夫拥有万卷书，何假南面百城！”这种话好像是很潇洒而狂傲，其实是心尚未安无可奈何的解嘲语，徒见其不丈夫。书房不在大，亦不在设备佳，适合自己的需要便是。局促在几尺宽的走廊一角，只要放得下一张书桌，依然可以作为一个读书写作的工厂，大量出货。光线要好，空气要流通，红袖添香是不必要的，既没有香，“素腕举，红袖长”反倒会令人心有别注。书房的大小好坏，和一个读书写作的成绩之多少高低，往往不成正比例。有好多著名作品是在监狱里写的。

我看见过的考究的书房当推宋春舫先生的褐木庐为第一，在青岛的一个小小的山头上，这书房并不与其寓邸相连，是单独的一栋。环境清幽，只有鸟语花香，没有尘嚣市扰。《太平清话》：“李德茂环积坟籍，名曰书城。”我想那书城未必能和褐木庐相比。在这里，所有的图书都是放在玻璃柜里，柜比人高，但不及栋。我记得藏书是以法文戏剧为主。所有的书都精装，不全是 buckram

（胶硬粗布），有些是真的小牛皮装订（halfcalf，oozecalf，etc），烫金的字在书脊上排着队闪闪发亮。也许这已经超过了书房的标准，微近于藏书楼的性质，因为他还有一册精印的书目，普通的读书人谁也不会把他书房里的图书编目。

周作人先生在北平八道湾的书房，原名苦雨斋，后改为苦茶庵，不离苦的味道。小小的一幅横额是沈尹默写的。是北平式的平房，书房占据了里院上房三间，两明一暗。里面一间是知堂老人读书写作之处，偶然也延客品茗，几净窗明，一尘不染。书桌上文房四宝井然有致。外面两间像是书库，约有十个八个书架立在中间，图书中西兼备，日文书数量很大。真不明白苦茶庵的老和尚怎么会掉进了泥淖一辈子洗不清！

闻一多的书房，和闻一多先生的书桌一样，充实、有趣而乱。他的书全是中文书，而且几乎全是线装书。在青岛的时候，他仿效青岛大学图书馆庋藏中文图书的办法，给成套的中文书装制蓝布面，用白粉写上宋体字的书名，直立在书架上。这样的装备应该是很整齐可观，但是主人要做考证，东一部西一部的图书便要从书架上取下来参加獭祭的行列了，其结果是短榻上、地板上、唯一的一把木根雕制的太师椅上，全都是书。那把太师椅玲珑邦硬，可以入画，不宜坐人，其实亦不宜于堆书，却是他书斋中最惹眼的一个点缀。

潘光旦在清华南院的书房另有一种情趣。他是以优生学专家的素养来从事我国谱牒学研究的学者，他的书房收藏这类图书极富。他喜欢用书护，那就是用两块木板将一套书夹起来，立在书架上。他在每套书系上一根竹制的书签，签上写着书名。这种书签实在很别致，不知杜工部《将赴草堂途中有作》所谓“书签药里封蛛网”的书签是否即系此物。光旦一直在北平，失去了学术研究的自由，晚年丧偶，又复失明，想来他书房中那些书签早已封蛛网了！

汗牛充栋，未必是福。丧乱之中，牛将安觅？多少爱书的人士都把他们苦心聚集的图书抛弃了，而且再也鼓不起勇气重建一个像样的书房。藏书而充栋，确有其必要，例如从前我家有一部小字本的图书集成，摆满上与梁齐的靠着整垛山墙的书架，取上层的书须用梯子，爬上爬下很不方便，可是充栋的书架有时仍是不可少。我来台湾后，一时兴起，兴建了一个连在墙上的大书架，邻居绸缎商来参观，叹曰：“造这样大的木架有什么用，给我摆列绸缎尺头倒还合用。”他的话是不错的，书不能令人致富。书还给人带来麻烦，能像郝隆那样七月七日在太阳底下晒肚子就好，否则不堪衣鱼之扰，真不如尽量地把图书塞入腹笥，晒起来方便，运起来也方便。如果图书都能做成“显微胶片”纳入腹中，或者放映在脑子里，则书房就成为不必要的了。

下棋

有一种人我最不喜欢和他下棋，那便是太有涵养的人。杀死他一大块，或是抽了他一个车，他神色自若，不动火，不生气，好像是无关痛痒，使得你觉得索然寡味。君子无所争，下棋却是要争的。当你给对方一个严重威胁的时候，对方的头上青筋暴露，黄豆般的汗珠一颗颗地在额上陈列出来，或哭丧着脸作惨笑，或咕嘟着嘴作吃屎状，或抓耳挠腮，或大叫一声，或长吁短叹，或自怨自艾口中念念有词，或一串串的噎嗝打个不休，或红头涨脸如关公，种种现象，不一而足，这时节你“行有余力”便可以点起一支烟，或啜一碗茶，静静地欣赏对方的苦闷的象征。我想猎人困逐一只野兔的时候，其愉快大概略相仿佛。因此我悟出一点道理，和人下棋的时候，如果有机会使对方受窘，当然无所不用其极，如果被对方所窘，便努力做出不介意状，因为既不能积极地给对方以苦痛，只好消极地减少对方的乐趣。

自古博弈并称，全是属于赌的一类，而且只是比“饱食终日无所用心”略胜一筹而已。不过弈虽小术，亦可以观人，相传有慢性人，见对方走当头炮，便左思右想，不知是跳左边的马好，还是跳右边的马好，想了半个钟头而迟迟不决，急得对方拱手认输。是有这样的慢性人，每一着都要考虑，而且是加慢的考虑，我常想这种人如加入龟兔竞赛，也必定可以获胜。也有性急的人，下棋如赛跑，噼噼啪啪，草草了事，这仍旧是饱食终日无所用心的一贯作风。下棋不能无争，争的范围有大有小，有斤斤计较而因小失大者，有不拘小节而眼观全局者，有短兵相接做生死斗者，有各自为战而旗鼓相当者，有赶尽杀绝一步不让者，有好勇斗狠同归于尽者，有一面下棋一面诮骂者，但最不幸的是争的范围超出了棋盘而拳足交加。有下象棋者，久而无声响，排闼视之，阒不见人，原来他们是在门后角里扭作一团，一个人骑在另一个人的身上，在他的口里挖车呢。被挖者不敢出声，出声则口张，口张则车被挖回，挖回则必悔棋，悔棋则不得胜，这种认真的态度憨得可爱。我曾见过二人手谈，起先是坐着，神情潇洒，望之如神仙中人。俄而棋势吃紧，两人都站起来了，剑拔弩张，如斗鹌鹑，最后到了生死关头，两个人跳到桌上去了！

笠翁《闲情偶寄》说弈棋不如观棋，因观者无得失心，观棋是有趣的事，如看斗牛、斗鸡、斗蟋蟀一般，但是观棋也有难过处，观棋不语是一种痛苦。喉间硬是痒得出奇，思一吐为快。看见一个人要入陷阱而不作声是几乎不可能的事，如果说得中肯，其中一个人要厌恨你，暗暗地骂一声：“多嘴驴！”另一个人也不感激你，心想：“难道我还不晓得这样走！”如果说得不中肯，两个人要一齐嗤之以鼻：“无见识奴！”如果根本不说，憋在心里，受病。所以有人于挨了一个耳光之后还抚着热辣辣的嘴巴大呼：“要抽车，要抽车！”

下棋只是为了消遣，其所以能使这样多人嗜此不疲者，是因为它颇合于人类好斗的本能，这是一种“斗智不斗力”的游戏。所以瓜棚豆架之下，与世无争的村夫野老不免一枰相对，消此永昼；闹市茶寮之中，常有有闲阶级的人士下棋消遣，“不为无益之事，何以遣此有涯之生？”宦海里翻过身最后退隐东山的大人先生们，髀肉复生，而英雄无用武之地，也只好闲来对弈，了此残生，下棋全是“剩余精力”的发泄。人总是要斗的，总是要钩心斗角地和人争逐的。与其和人争权夺利，还不如在棋盘上多占几个官；与其招摇撞骗，还不如在棋盘上抽上一车。宋人笔记曾载有一段故事：“李讷仆射，性卞急，酷好弈棋，每下子安详，极于宽缓。往往躁怒作，家人辈则密以弈具陈于前，讷睹，便忻然改容，以取其子布弄，都忘其恚矣。”（《南部新书》）下棋，有没有这样陶冶性情之功，我不敢说，不过有人下起棋来确实是把性命都可置之度外。我有两个朋友下棋，警报作，不动声色，俄而弹落，棋子被震得在盘上跳荡，屋瓦乱飞，其中一位棋瘾较小者变色而起，被对方一把拉住，“你走！那就算是你输了”。此公深得棋中之趣。

喝茶

我不善品茶，不通《茶经》，更不懂什么茶道，从无两腋之下习习生风的经验。但是，数十年来，喝过不少茶，北平的双窨、天津的大叶、西湖的龙井、六安的瓜片、四川的沱茶、云南的普洱、洞庭湖的君山茶、武夷山的岩茶，甚至不登大雅之堂的茶叶梗与满天星随壶净的高末儿，都尝试过。茶是我们中国人的饮料，口干解渴，唯茶是尚。茶字，形近于荼，声近于槚，来源甚古，流传海外，凡是有中国人的地方就有茶。人无贵贱，谁都有份，上焉者细啜名种，下焉者牛饮茶汤，甚至路边埂畔还有人奉茶。北人早起，路上相逢，辄问讯："喝茶么？"茶是开门七件事之一，乃人生必需品。

孩提时，屋里有一把大茶壶，坐在一个有棉衬垫的藤箱里，相当保温，要喝茶自己斟。我们用的是绿豆碗，这种碗大号的是饭碗，小号的是茶碗，作绿豆色，粗糙耐用，当然和宋瓷不能比，和江西瓷不能比，和洋瓷也不能比，可是有一股朴实厚重的风貌，现在这种碗早已绝迹，我很怀念。这种碗打破了不值几文钱，脑勺子上也不至于挨巴掌。银托白瓷小盖碗是祖父母专用的，我们看着并不羡慕。看那小小的一盏，两口就喝光，泡两三回就得换茶叶，多麻烦。如今盖碗很少见了，除非是到（台北）故宫博物院拜会蒋院长，他那大客厅里总是会端出盖碗茶敬客。再不就是电视剧中也常看见有盖碗茶，可是演员一手执盖一手执碗缩着脖子啜茶那副狼狈相，令人发噱，因为他不知道喝盖碗茶应该是怎样的喝法。他平素自己喝茶大概一直是用玻璃杯、保温杯之类。如今，我们此地见到的盖碗，多半是近年来本地制造的“万寿无疆”的那种样式，瓷厚了一些；日本制的盖碗，样式微有不同，总觉得有些怪怪的。近有人回大陆，顺便探视我的旧居，带来我三十多年前天天使用的一只瓷盖碗，原是十二套，只剩此一套了，碗沿还有一点磕损，睹此旧物，勾起往日的心情，不禁黯然。盖碗究竟是最好的茶具。

茶叶品种繁多，各有擅场。有友来自徽州，同学清华，徽州产茶胜地，但是他看到我用一撮茶叶放在壶里沏茶，表示惊讶，因为他只知道茶叶是烘干打包捆载上船沿江运到沪杭求售，剩下来的茶梗才是家人饮用之物。恰如北人所谓“卖席的睡凉炕”。我平素喝茶，不是香片就是龙井，多次到大栅栏东鸿记或西鸿记去买茶叶，在柜台前面一站，徒弟搬来凳子让坐，看伙计称茶叶，分成若干小包，包得见棱见角，那份手艺只有药铺伙计可以媲美。

茉莉花窨过的茶叶，临卖的时候再抓一把鲜茉莉放在表面上，所以叫作双窨。于是茶店里经常是茶香花香，郁郁菲菲。父执有名玉贵者，旗人，精于饮馔，居恒以一半香片一半龙井混合沏之，有香片之浓馥，兼龙井之苦清。吾家效而行之，无不称善。茶以人名，乃径呼此茶为“玉贵”，私家秘传，外人无由得知。

其实，清茶最为风雅。抗战前造访知堂老人于苦茶庵，主客相对总是有清茶一盅，淡淡的、涩涩的、绿绿的。我曾屡侍先君游西子湖，从不忘记品尝当地的龙井，不需要攀登南高峰风篁岭，近处平湖秋月就有上好的龙井茶，开水现冲，风味绝佳。茶后进藕粉一碗，四美具矣。正是“穿牖而来，夏日清风冬日日；卷帘相见，前山明月后山山”（骆成骧联）。有朋自六安来，贻我瓜片少许，叶大而绿，饮之有荒野的气息扑鼻。其中西瓜茶一种，真有西瓜风味。我曾过洞庭，舟泊岳阳楼下，购得君山茶一盒。沸水沏之，每片茶叶均如针状直立漂浮，良久始舒展下沉，味品清香不俗。

初来台湾，粗茶淡饭，颇想倾阮囊之所有在饮茶一端偶作豪华之享受。一日过某茶店，索上好龙井，店主将我上下打量，取八元一斤之茶叶以应，余示不满，乃更以十二元者奉上，余仍不满，店主勃然色变，厉声曰：“买东西，看货色，不能专以价钱定上下。提高价格，自欺欺人耳！先生奈何不察？”我爱其憨直。现在此茶店门庭若市，已成为业中之翘楚。此后我饮茶，但论品味，不问价钱。

茶之以浓酽胜者莫过于工夫茶。《潮嘉风月记》说工夫茶要细炭初沸连壶带碗泼浇，斟而细呷之，气味芳烈，较嚼梅花更为清绝。我没嚼过梅花，不过我旅居青岛时有一位潮州澄海的朋友，每次聚饮酩酊，辄相偕走访一潮州帮巨商于其店肆。肆后有密室，烟具、茶具均极考究，小壶小盅有如玩具。更有娈婉丱童伺候煮茶、烧烟，因此经常饱吃工夫茶，诸如铁观音、大红袍，吃了之后还携带几匣回家。不知是否故弄玄虚，谓炉火与茶具相距以七步为度，沸水之温度方合标准。举小盅而饮之，若饮罢径自返盅于盘，则主人不悦，须举盅至鼻头猛嗅两下。这茶最具解酒之功，如嚼橄榄，舌根微涩，数巡之后，好像是越喝越渴，欲罢不能。喝工夫茶，要有工夫，细呷细品，要有设备，要人服侍，如今乱糟糟的社会里谁有那么多的工夫？红泥小火炉哪里去找？伺候茶汤的人更无论矣。普洱茶，漆黑一团，据说也有绿色者，泡烹出来黑不溜秋，粤人喜之。在北平，我只在正阳楼看人吃烤肉，吃得口滑肚子膨亨不得动弹，才高呼堂倌泡普洱茶。四川的沱茶亦不恶，唯一般茶馆应市者非上品。台湾的乌龙，名震中外，大量生产，佳者不易得。处处标榜冻顶，事实上哪里有那么多的冻顶？

喝茶，喝好茶，往事如烟。提起喝茶的艺术，现在好像谈不到了，不提也罢。

饮酒

酒实在是妙。几杯落肚之后就会觉得飘飘然、醺醺然。平素道貌岸然的人，也会绽出笑脸；一向沉默寡言的人，也会议论风生。再灌下几杯之后，所有的苦闷烦恼全都忘了，酒酣耳热，只觉得意气飞扬，不可一世，若不及时制止，可就难免玉山颓欹，剔吐纵横，甚至撒疯骂座，以及种种的酒失酒过全部呈现出来。莎士比亚的《暴风雨》里的卡力班，那个象征原始人的怪物，初尝酒味，觉得妙不可言，以为把酒给他喝的那个人是自天而降，以为酒是甘露琼浆，不是人间所有物。美洲印第安人初与白人接触，就是被酒所倾倒，往往不惜举土地界人以换一些酒浆。印第安人的衰灭，至少一部分是由于他们的荒腆于酒。

我们中国人饮酒，历史久远。发明酒者，一说是仪逖，又说是杜康。仪逖夏朝人，杜康周朝人，相距很远，总之是无可稽考。也许制酿的原料不同、方法不同，所以仪逖的酒未必就是杜康的酒。《尚书》有“酒诰”之篇，谆谆以酒为戒，一再地说“祀兹酒”（停止这样的喝酒），“无彝酒”（勿常饮酒），想见古人饮酒早已相习成风，而且到了“大乱丧德”的地步。三代以上的事多不可考，不过从汉起就有酒榷之说，以后各代因之，都是课税以裕国帑，并没有寓禁于征的意思。酒很难禁绝，美国一九二〇年起实施酒禁，雷厉风行，依然到处都有酒喝。当时笔者道出纽约，有一天友人邀我食于某中国餐馆，入门直趋后室，索五加皮，开怀畅饮。忽警察闯入，友人止予勿惊。这位警察徐徐就座，解手枪，锵然置于桌上，索五加皮独酌，不久即伏案酣睡。一九三三年酒禁废，真如一场儿戏。民之所好，非政令所能强制。在我们中国，汉萧何造律：“三人以上无故群饮，罚金四两。”此律不曾彻底实行。事实上，酒楼妓馆处处笙歌，无时不飞觞醉月。文人雅士水边修禊，山上登高，一向离不开酒。名士风流，以为持螯把酒，便足了一生，甚至于酣饮无度，扬言“死便埋我”，好像大量饮酒不是什么不很体面的事，真所谓“酗于酒德”。

对于酒，我有过多年的体验。第一次醉是在六岁的时候，侍先君饭于致美斋（北平煤市街路西）楼上雅座，窗外有一棵不知名的大叶树，随时簌簌作响。连喝几盅之后，微有醉意，先君禁我再喝，我一声不响站立在椅子上舀了一匙高汤，泼在他的一件两截衫上。随后我就倒在旁边的小木炕上呼呼大睡，回家之后才醒。我的父母都喜欢酒，所以我一直都有喝酒的机会。“酒有别肠，不必长大”，语见《十国春秋》，意思是说酒量的大小与身体的大小不必成正比例，壮健者未必能饮，瘦小者也许能鲸吸。我小时候就是瘦弱如一根绿豆芽。酒量是可以慢慢磨炼出来的，不过有其极限。我的酒量不大，我也没有亲见过一般人所艳称的那种所谓海量。古代传说“文王饮酒千钟，孔子百觚”，王充《论衡·语增》篇就大加驳斥，他说：“文王之身如防风之君，孔子之体如长狄之人，乃能堪之。”且“文王孔子率礼之人也”，何至于醉酗乱身？就我孤陋的见闻所及，无论是“青州从事”或“平原都邮”，大抵白酒一斤或黄酒三五斤即足以令任何人头昏目眩粘牙倒齿。唯酒无量，以不及于乱为度，看各人自制力如何耳。不为酒困，便是高手。

酒不能解忧，只是令人在由兴奋到麻醉的过程中暂时忘怀一切。即刘伶所谓“无息无虑，其乐陶陶”。可是酒醒之后，所谓“忧心如醒”，那份病酒的滋味很不好受，所付代价也不算小。我在青岛居住的时候，那地方背山面海，风景如画，在很多人心目中是最理想的卜居之所，唯一缺憾是很少文化背景，没有古迹耐人寻味，也没有适当的娱乐。看山观海，久了也会腻烦，于是呼朋聚饮，三日一小饮，五日一大宴，划拳行令，三十斤花雕一坛，一夕而罄。七名酒徒加上一位女史，正好八仙之数，乃自命为酒中八仙。有时且结伙远征，近则济南，远则南京、北京，不自谦抑，狂言“酒压胶济一带，拳打南北二京”，高自期许，俨然豪气干云的样子。当时作践了身体，这笔账日后要算。一日，胡适之先生过青岛小憩，在宴席上看到八仙过海的盛况大吃一惊，急忙取出他太太给他的一个金戒指，上面镌有“戒”字，戴在手上，表示免战。过后不久，胡先生就写信给我说：“看你们喝酒的样子，就知道青岛不宜久居，还是到北京来吧！”我就到北京去了。现在回想当年酗酒，哪里算得是勇，直是狂。

酒能削弱人的自制力，所以有人酒后狂笑不止，也有人痛哭不已，更有人口吐洋语滔滔不绝，也许会把平夙不敢告人之事吐露一二，甚至把别人的隐私也当众抖搂出来。最令人难堪的是强人饮酒，或单挑，或围剿，或投下井之石，千方万计要把别人灌醉，有人诉诸武力，捏着人家的鼻子灌酒！这也许是人类长久压抑下的一部分兽性之发泄，企图获取胜利的满足，比拿起石棒给人迎头一击要文明一些而已。那咄咄逼人的声嘶力竭的划拳，在赢拳的时候，那一声拖长了的绝叫，也是表示内心的一种满足。在别处得不到满足，就让他们在聚饮的时候如愿以偿吧！只是这种闹饮，以在有隔音设备的房间里举行为宜，免得侵扰他人。

《菜根谭》所谓“花看半开，酒饮微醺”的趣味，才是最令人低回的境界。

看报

早晨起来，盥洗完毕，就想摊开报纸看看。或是斜靠在沙发上，跷起一条腿，仰着脖子，举着报纸看。或是铺在桌面上，摘下老花眼镜，一目十行或十目一行地看。或是携进厕所，细吹细打翻来覆去地看。各极其态，无往不利。假使没有报看，这一天的秩序就要大乱，浑身不自在，像是硬断毒瘾所谓“冷火鸡”。翻翻旧报纸看看，那不对劲，一定要热烘烘的刚从报馆出炉的当天的报纸看了才过瘾。报纸上有什么东西这样摄人魂魄令人倾倒？惊天动地的新闻、回肠荡气的韵事，不是天天有的。不过，大大小小的贪赃枉法的事件、形形色色的社会新闻，以及五花八门的副刊，多少都可以令人开胃醒脾，耳目一新。抛下报纸便可心安理得地去做一个人一天该做的事去了。有些人肝火旺，看了报上少不了的一些不公道的事、颟顸糊涂的事、泄气的事、腌臜的事，不免吹胡瞪眼，破口大骂。这也好，让他发泄一下免得积郁成疾。

也有些人专门识小，何处失火、何人跳楼、何家遭窃、何人被绑，乃至于哪家的猪有五条腿、哪家的孩子有两个头，都觉得趣味横生，可资谈助。报纸的诱惑力实在太大了，怎可一日无此君？

我看报也有瘾。每天四五份报纸，幸亏大部分雷同，独家报道并不多，只有副刊争奇竞秀各有千秋，然而浏览一过摘要细看，差不多也要个把钟头。有时候某一报纸缺席，心里辄为之不快，但是想想送报的人长年的栉风沐雨，也许有个头痛脑热，偶尔歇工，也就罢了。过阴历年最难堪，报馆休假好几天，一张半张地凑合，乏味之至。直到我自己也在报馆做一点事，才体会到报人也需要逢年轻松几天，这才能设身处地不忍深责。

报纸以每日三张为限，广告至少占去一半以上，这也有好处，记者先生省却不少编撰之劳，广告客户大收招徕生意之效，读者亦可节省一点宝贵时间。就是广告有时也很有趣。近年来结婚启事好像少了，大概是因为红色炸弹直接投寄收效较宏。可是讣闻还是相当多，尤其是死者若是身兼若干董监事，则一排讣闻分别并列，蔚为壮观。不知是谁曾经说过："你要知道谁是走方郎中江湖庸医嘛，打开报纸一索便得。"可是医师的广告渐渐少了，药物广告也不若以前之多了。密密麻麻的分类广告，其中藏龙卧虎，有时颇有妙文，常于无意中得之。

报纸以三张为限，也很好。看完报纸如何打发，是一个问题，沿街叫喊"酒干倘卖无"的人好像现已不常见。外国的报纸动辄一百多页，星期天的报纸多到五百页不算稀奇。报童送报无论是背负还是小车拉曳，都有不胜负荷之状。看完报纸之后通常是积有成数往垃圾桶里一丢，也有人不肯暴殄天物，一大批一大批地驾车送到指定地点做打纸浆之用。我们报纸张数少，也够麻烦，一个月积攒下来也够一大堆，小小几平方米的房间如何装得下？不知有人想到过没有，旧报纸可以拿去做纸浆，收物资循环之效。

从前老一辈的人，大概是敬惜字纸，也许是爱惜物资，看完报纸细心折叠，一天一沓，一月一捆，结果是拿去卖给小贩，小贩拿去卖给某些店铺，作为包装商品之用。旧报纸如何打发固是问题，我较更关心的是，看报似乎也有看报的道德，无论在什么场合，看完报纸应该想到还有别人要看，所以应该稍加整理、稍加折叠。我不期望任谁看过报纸还能折叠得见棱见角，如军事管理之叠床被要叠得像一块豆腐干，那是陈义过高近于奢望，但是我也看不得报纸凌乱地抛在桌上、椅上、地上，像才经过一场洗劫。

有一阵电视上映出两句标语：饭前洗手，饭后漱口。实在很好，功德无量。我发现看完报纸之后也要洗手。看完报纸之后十根手指像是刚搓完煤球。外国报纸好像污染得好一些，我不知道他们用的油墨是什么牌子的。

看报也常误事。我一年之内有过因为看报而烧黑了三个煮菜锅的纪录。这是我对于报纸的功能之最高的称颂。报纸能令人忘记锅里煮着东西！

读画

《随园诗话》:“画家有读画之说，余谓画无可读者，读其诗也。”随园老人这句话是有见地的。读是读诵之意，必有文章词句然后方可读诵，画如何可读？所以读画云者，应该是读诵画中之诗。

诗与画是两个类型，在对象、工具、手法各方面均不相同。但是类型的混淆，古已有之。在西洋，所谓 Ut pictura poesis，“诗既如此，画亦同然”，早已成为艺术批评上的一句名言。我们中国也特别称道王摩诘的“画中有诗，诗中有画”。究竟诗与画是各有领域的。我们读一首诗，可以欣赏其中的景物的描写，所谓“历历如绘”。但诗之极致究竟别有所在，其着重点在于人的概念与情感。所谓诗意、诗趣、诗境，虽然多少有些抽象，究竟是以语言文字来表达最为适宜。我们看一幅画，可以欣赏其中所蕴藏的诗的情趣，但是并非所有的画都有诗的情趣，而且画的主要的功用是在描绘一个意象。我们说读画，实在是在画里寻诗。

“蒙娜丽莎”的微笑，即是微笑，笑得美，笑得甜，笑得有味道，但是我们无法追问她为什么笑，她笑的是什么。尽管有许多人在猜这个微笑的谜，其实都是多此一举。有人以为她是因为发现自己怀孕了而微笑，那微笑代表女性的骄傲与满足。有人说：“怎见得她是因为发觉怀孕而微笑呢？也许她是因为发觉并未怀孕而微笑呢？”这样地读下去，是读不出所以然来的。会心的微笑，只能心领神会，非文章词句所能表达。像《蒙娜丽莎》这样的画，还有一些奥秘的意味可供揣测，此外像 Watts 的《希望》，画的是一个女人跨在地球上弹着一只断了弦的琴，也还有一点象征的意思可资领会，但是 Sorolla 的《二姊妹》，除了耀眼的阳光之外还有什么诗可读？再如 Sully 的《戴破帽子的孩子》，画的是一个孩子头上顶着一个破帽子，除了那天真无邪的脸上的光线掩映之外还有什么诗可读？至于 Chase 的一幅《静物》，可能只是两条死鱼翻着白肚子躺在盘上，更没有什么可说的了。

也许中国画里的诗意较多一点。画山水不是“春山烟雨”，就是“江皋烟树”，不是“云林行旅”，就是“春浦帆归”，只看画题，就会觉得诗意盎然。尤其是文人画家，一肚皮不合时宜，在山水画中寄托了隐逸超俗的思想，所以山水画的境界成了中国画家人格之最完美的反映。即使是小幅的花卉，像李复堂、徐青藤的作品，也有一股豪迈潇洒之气跃然纸上。

画中已经有诗，有些画家还怕诗意不够明显，在画面上更题上或多或少的诗词字句。自宋以后，这已成了大家所习惯接受的形式，有时候画上无字反倒觉得缺点什么。中国字本身有其艺术价值，若是题写得当，也不难看。西洋画无此便利，《拾穗人》上面若是用鹅翎管写上一首诗，那就不堪设想。在画上题诗，至少说明了一点，画里面的诗意有用文字表达的必要。一幅酣畅的泼墨画，画着有两棵大白菜，墨色浓淡之间充分表示了画家笔下控制水墨的技巧，但是画面的一角题了一行大字：“不可无此味，不可有此色”，这张画的意味不同了，由纯粹的画变成了一幅具有道德价值的概念的插图。金冬心的一幅墨梅，篆籀纵横，密圈铁线，清癯高傲之气扑人眉宇，但是半幅之地题了这样的词句：“晴窗呵冻，写寒梅数枝，胜似与猫儿狗儿盘桓也……”顿使我们的注意力由斜枝细蕊转移到那个清高的画士。画的本身应该能够表现画家所要表现的东西，不需另假文字为之说明，题画的办法有时使画不复成为纯粹的画。

我想画的最高境界不是可以读得懂的，一说到读便牵涉到文章词句，便要透过思想的程序，而画的美妙处在于透过视觉而直诉诸人的心灵。画给人的一种心灵上的享受，不可言说，说便不着。

听戏

听戏，不是看戏。从前在北平，大家都说听戏，不大说看戏。这一字之差，关系甚大。我们的旧戏究竟是以唱为主，所谓载歌载舞，那舞实在是比较的没有什么可看的。我从小就喜欢听戏，常看见有人坐在戏园子的边厢下面，靠着柱子，闭着眼睛，凝神危坐，微微地摇晃着脑袋，手在轻轻地敲着板眼，聚精会神地欣赏那台上的歌唱，遇到一声韵味十足的唱，便像是搔着了痒处一般，从丹田里吼出一声："好！"若是发现唱出了错，便毫不容情地来一声倒好。这是真正的听众，是他来维系戏剧的水准于不坠。当然，他的眼睛也不是老闭着，有时也要睁开的。

生长在北平的人几乎没有不爱听戏的。我自然亦非例外。我起初是很怕进戏园子的，里面人太多太挤，座位太不舒服。记得清清楚楚，文明茶园是我常去的地方，全是窄窄的条凳，窄窄的条桌，而并不面对舞台，要看台上的动作便要扭转脖子扭转腰。

尤其是在夏天，大家都打赤膊，而我从小就没有光脊梁的习惯，觉得大庭广众之中赤身露体怪难为情，而你一经落座就有热心招待的茶房前来接衣服，给一个半劈的木牌子。这时节，你环顾四周，全是一扇一扇的肉屏风，不由你不随着大家而肉袒，前后左右都是肉，白皙皙的，黄澄澄的，黑黝黝的，置身其间如入肉林（那时候戏园里的客人全是男性，没有女性）。这虽颇富肉感，但绝不能给人以愉快。戏一演便是四五个钟头，中间如果想要如厕，需要在肉林中挤出一条出路，挤出之后那条路便翕然而合，回来时需要重新另挤出一条进路。所以常视如厕如畏途，其实不是畏途，只有畏，没有途。

对戏园的环境并无须做太多的抱怨。任何样的环境，在当时当地，必有其存在的理由。戏园本称茶园，原是喝茶聊天的地方，台上的戏原是附带着的娱乐节目。乱哄哄地高谈阔论是无可厚非的。那原是三教九流呼朋唤友消遣娱乐之所在。孩子们到了戏园可以足吃，花生瓜子不必论，冰糖葫芦、酸梅汤、油糕、奶酪、豌豆黄……应有尽有。成年人的嘴也不闲着，条桌上摆着干鲜水果蒸食点心之类。卖吃食的小贩大声吆喝，穿梭似的挤来挤去，又受欢迎又讨厌。打热手巾把的茶房从一个角落把一卷手巾掷到另一角落，我还没有看见过失手打了人家的头。特别爱好戏的一位朋友曾经表示，这是戏外之戏，那洒了花露水的手巾尽管是传染病的最有效的媒介，也还是不可或缺。

在这样的环境里听戏，岂不太苦？苦自管苦，却也乐在其中。

放肆是我们中国固有的品德之一。在戏园里人人可以自由行动，吃，喝，谈话，吼叫，吸烟，吐痰，小儿哭啼，打喷嚏，打呵欠，揩脸，打赤膊，小规模的拌嘴吵架争座位，一概没有人干涉，在哪里可以找到这样完全的放肆的机会？看外国戏院观众之穿起大礼服肃静无哗，那简直是活受罪！我小时候进戏园，深感那是另一个世界，对于戏当然听不懂，只能欣赏丑戏武戏，打出手，递家伙，尤觉有趣。记得我最喜欢的是九阵风的戏，如《百草山》《泗州城》之类，于是我也买了刀枪之类在家里和我哥哥大打出手，有一两招也居然练得不错。从三四张桌子上硬往下摔壳子的把戏，倒是没敢尝试。有一次模拟《打棍出箱》范仲禹把鞋一甩落在头上的情景，我哥哥一时不慎把一只大毛窝斜刺里踢在上房的玻璃窗上，哗啦一声，除了招致家里应有的责罚之外，惊醒了我的萌芽中的戏瘾戏迷。后来年纪稍长，又复常常涉足戏园，正赶上一批优秀的演员在台上献技，如陈德琳、刘鸿升、龚云甫、德珺如、裘桂仙、梅兰芳、杨小楼、王长林、王凤卿、王瑶卿、余叔岩等，我渐渐能欣赏唱戏的韵味了，觉得在那乱糟糟的环境之中熬上几个小时还是值得一付的代价，只要能听到一两段韵味十足的歌唱，便觉得那抑扬顿挫使人如醉如迷，使全身血液的流行都为之舒畅匀称。研究西洋音乐的朋友也许要说这是低级趣味。我没有话可以抗辩，我只能承认这就是我们人民的趣味，而且大家都很安于这种趣味。这样乱糟糟的环境，必须有相当良好的表演艺术才能控制住听众的注意力。前几出戏都照例无足观，等到好戏上场，名角一露面，场里立刻鸦雀无声，不知趣的“酪来酪”声会被嘘的。受半天罪，能听到一段回肠荡气的唱儿，就很值得，“余音绕梁三日不绝”，确是真有那种感觉。

后来，不知怎么，老伶工一个个地凋谢了，换上来的是一批较年轻的角色，这时候有人喊要改良戏剧，好像艺术是可以改良似的。我只知道一种艺术形式过了若干年便老了，衰了，死了，另外滋生一个新芽，却没料到一种艺术于成熟衰老之后还可以改良。首先改良的是开放女禁，这并没有可反对的，可是一有女客之后，戏里面的涉有猥亵的地方便大大删除了，在某种意义上有人认为这好像是个损失。台面改变了，由凸出的三面的立体式的台变成了画框式的台了，新剧本出现了，新腔也编出来了，新的服装道具一齐来了。有一次看尚小云演《天河配》，这位人高马大的演员穿着紧贴身的粉红色的内衣裤作裸体沐浴状，观众乐得直拍手，我说：“完了，完了，观众也变了！”有什么样的观众就有什么样的戏。听戏的少了，看热闹的多了。

我很早就离开北平，与戏也就疏远了，但小时候还听过好戏，一提起老生心里就泛起余叔岩的影子，武生是杨小楼，老旦是龚云甫，青衣是王瑶卿、梅兰芳，小生是德珺如，刀马旦是九阵风，丑是王长林……有这种标准横亘在心里，便容易兴起“除却巫山不是云”之感。我常想，我们中国的戏剧就像毛笔字一样，提倡者自提倡，大势所趋，怕很难挽回昔日的光荣。时势异也！

信

早起最快意的一件事，莫过于在案上发现一大堆信——平、快、挂，七长八短的一大堆。明知其间未必有多少令人欢喜的资料，大概总是说穷诉苦琐屑累人的居多，常常令人终日寡欢，但是仍希望有一大堆信来。Marcus Aurelius 曾经说："每天早晨离家时，我对我自己说：'我今天将要遇见一个傲慢的人，一个忘恩负义的人，一个说话太多的人。这些人之所以如此，乃是自然而且必要的；所以不要惊讶。'"我每天早晨拆阅来信，亦先具同样心理，不但不存奢望，而且预先料到我今天将要接到几封催命符式的讨债信，生活比我优裕而反来向我告贷的信，以及看了不能令人喜欢的喜柬，不能令人不喜欢的讣闻等。世界上是有此等人、此等事，所以我当然也要接得此等信，不必惊讶。最难堪的，是遥望绿衣人来，总是过门不入，那才是不可名状的凄凉，仿佛是有人遗弃之感。

有一种人把自己的文字润格定得极高，颇有一字千金之概，轻易是不肯写信的。你写信给他，永远是石沉大海。假如忽然间朵云遥颁，而且多半是又挂又快，隔着信封摸上去，沉甸甸的，又厚又重——放心，里面第一页必是抄自《尺牍大全》，“自违雅教，时切遐思，比维起居清泰为颂为祷”这么一套，正文自第二页开始，末尾于顿首之后，必定还要标明“鹄候回音”四个大字，外加三个密圈，此外必不可少的是另附恭楷履历硬卡一张。这种信也有用处，至少可以令我们知道此人依然健在，此种信不可不复，复时以“……俟有机缘，定当驰告”这么一套为最得体。

另一种人，好以纸笔代喉舌，不惜工本，写信较勤。刊物的编者大抵是以写信为其主要职务之一，所以不在话下。因误会而恋爱的情人们，见面时眼睛都要迸出火星，一旦隔离，焉能不情急智生，烦邮差来传书递简？Herrick 有句云：“嘴唇只有在不能接吻时才肯歌唱。”同样的，情人们只有在不能喁喁私语时才要写信。情书是一种紧急救济，所以亦不在话下。我所说的爱写信的人，是指家人朋友之间聚散匆匆，睽违之后，有所见，有所闻，有所忆，有所感，不愿独秘，愿人分享，则乘兴奋笔，藉通情愫，写信者并无所求，受信者但觉情谊翕如，趣味盎然，不禁色起神往，在这种心情之下，朋友的信可作为宋元人的小简牍，家书亦不妨当作社会新闻看。看信之乐，莫过于此。

写信如谈话，痛快人写信，大概总是开门见山。若是开门见雾，模模糊糊，不知所云，则其人谈话亦必是丈八罗汉，令人摸不着头脑。我又曾接得另外一种信，突如其来，内容是讲学论道，洋洋洒洒，作者虽未要我代为保存，我则觉得责任太大，万一度藏不慎，岂不就要湮没名文。老实讲，我是有收藏信件的癖好的，但亦略有抉择：多年老友，误入仕途，使用书记代笔者，不收；讨论人生观一类大题目者，不收；正文自第二页开始者，不收；用钢笔写在宣纸上，有如在吸墨纸上写字者，不收；横写在左边写起者，不收；有加新式标点之必要者，不收；没有加新标点之可能者，亦不收；恭楷者，不收；潦草者，亦不收；作者未归道山，即可公开发表者，不收；作者已归道山，而仍不可公开发表者，亦不收！……因为有这样许多限制，所以收藏不富。

信里面的称呼最足以见人情世态。有一位业教授的朋友告诉我，他常接到许多信件，开端如果是“夫子大人函丈”或“××老师钧鉴”，写信者必定是刚刚毕业或失业的学生，甚至于并不是同时同院系的学生，其内容大半是请求提携的意思。如果机缘凑巧，真个提携了他，以后他来信时便改称“××”先生了。若是机缘再凑巧，再加上铨叙合格，连米贴、房贴算在一起足够两个教授的薪水，他写起信来便干干脆脆地称兄道弟了！我的朋友言下不胜欷吁，其实是他所见不广。师生关系，原属雇佣性质，焉能不受阶级升黜的影响？

书信写作西人曾称之为“最温柔的艺术”，其亲切细腻仅次于日记。我国尺牍尤为精粹之作。但居今之世，心头萦绕者尽是米价涨落问题，一袋袋的邮件之中要拣出几篇雅丽可诵的文章来，谈何容易！

写字

在从前，写字是一件大事，在“念背打”教育体系当中占一个很重要的位置，从描红模子的横平竖直，到写墨卷的黑大圆光，中间不知有多大艰苦。记得小时候写字，老师冷不防地从你脑后把你的毛笔抽走，弄得你一手掌的墨，这证明你执笔不坚，是要受惩罚的。这样恶作剧还不够，有的在笔管上套大铜钱，一个，两个，乃至三四个，摇动笔管只觉头重脚轻，这原理是和国术家腿上绑沙袋差不多，一旦解开重负便会身轻似燕极尽飞檐走壁之能事，如果练字的时候笔管上驮着好几两重的金属，一旦握起不加附件的竹管，当然会龙飞蛇舞，得心应手了。写一寸径的大字，也有人主张用悬腕法，甚至悬肘法，写字如站桩，挺起腰板，咬紧牙关，正襟危坐，道貌岸然，在这种姿态中写出来的字，据说是能力透纸背。现代的人无须受这种折磨。“科举”已经废除了，只会写几个“行”“阅”“如拟”“照办”，便可为官。自来水笔代替了毛笔，横行左行也可以应酬问世，写字一道，渐渐地要变成“国粹”了。

当作一种艺术看，中国书法是很独特的。因为字是艺术，所以什么“永字八法”之类的说数，其效用也就和“新诗作法”“小说作法”相差不多，绳墨当然是可以教的，而巧妙各有不同，关键在于个人。写字最容易泄露一个人的个性，所谓“字如其人”大抵不诬。如果每个字都方方正正，其人大概拘谨；如果伸胳臂拉腿的都逸出格外，其人必定豪放；字瘦如柴，其人必如排骨；字如墨猪，其人必近于“五百斤油”。所以郑板桥的字，就应该是那样的倾斜古怪，才和他那吃狗肉傲公卿的气概相称，颜鲁公的字就应该是那样的端庄凝重，才和他的临难不苟的品格相合，其间无丝毫勉强。

在“文字国”里，需要写字的地方特别多，擘窠大字至蝇头小楷，都有用途。可惜的是，写字的人往往不能用其所长，且常用错了地方。譬如，凿石摹壁的大字，如果不能使山川生色，就不如给当铺酱园写写招牌，至不济也可以给煤栈写“南山高煤”。有些人的字不宜在壁上题诗，改写春联或“抬头见喜”就合适得多。有的人写字技术非常娴熟，在茶壶盖上写“一片冰心”是可以胜任的，却偏爱给人题跋字画。中堂条幅对联，其实是人人都可以写的，不过悬挂的地点应该有个分别，有的宜于挂在书斋客堂，有的宜于挂在饭铺理发馆，求其环境配合，气味相投，如是而已。

“善书者不择笔”，此说未必尽然，秃笔写铁线篆，未尝不可，临赵孟頫"心经"就有困难。字写得坚挺俊俏，所用大概是尖毫。笔墨纸砚，对于字的影响是不可限量的。有时候写字的人除了工具之外还讲究一点特殊的技巧，最妙者无过于某公之一笔虎，八尺的宣纸，布满了一个虎字，气势磅礴，一气呵成，尤其是那一直竖，顶天立地的笔直一根杉木似的，煞是吓人。据说，这是有特别办法的，法用马弁一名，牵着纸端，在写到那一竖的时候把笔顿好，喊一声"拉"，马弁牵着纸就往后扯，笔直的一竖自然完成。

写字的人有瘾，瘾大了就非要替人写字不可，看着人家的白扇面，就觉得上面缺点什么，至少也应该有"精气神"三个字。相传有人爱写字，尤其是爱写扇子，后来腿坏，以至无扇可写；人问其故，原来是大家见了他就跑，他追赶不上了。如果字真写到好处，当然不需腿健，但写字的人究竟是腿健者居多。

生日

生日年年有，而且人人有，所以不稀罕。

谁也不会知道自己的生日是在哪一天。呱呱坠地之时，谁有闲情逸致去看日历？当时大概只是觉得空气凉，肚子饿，谁还管什么生辰八字？自己的出生年月日，都是后来听人说的。

其实生日，一生中只能有一次。因为生命只有一条之故。一条命只能生一回死一回。过三百六十五天只能算是活了一周岁。这年头，活一周年当然不是容易事，尤其是已经活了好几十周岁之后，自己的把握越来越小，感觉到地心吸力越来越大，不知哪一天就要结束他在地面上的生活，所以要庆祝一下也是人情之常。古有上寿之礼，无庆生日之礼。因为生日本身无可庆。西人祝贺之词曰："愿君多过几个快乐的生日。"亦无非是祝寿之意，寿在哪一天祝都是一样。

我们生到世上，全非自愿。佛书以生为十二因缘之一，"后现世善恶之业，从世还于六道四生中受生，是名为生”。糊里糊涂的，神差鬼使的，我们被捉弄到这尘世中来。来的时候，不曾征求我们的同意，将来走的时候，亦不会征求我们的同意。我们是从哪里来的，我们不知道，我们最后到哪里去，我们也不知道。我们所知道的就是这生、老、病、死的一个片断。然而这世界上究竟有的是良辰美景赏心乐事，否则为什么有人老是活不够，甚至要高呼“人生七十才开始”？

到了生日值得欢乐的只有一种人，那就是“万乘之主”。不需要颐指气使，自然有人来山呼万岁，自然有百官上表，自然有人来说什么“一人有庆，兆民赖之”，全不问那个“庆”字是怎么讲法。唐太宗谓长孙无忌曰：“今月日是朕生日，世俗皆为欢乐，在朕翻为感伤。”做了皇帝还懂得感伤，实在是很难得，具见人性未泯，不愧为明主，虽然我们不太清楚他感伤的是哪一宗。是否踌躇满志之时，顿生今昔之感？历史上最后一个辉煌的千秋节该是清朝慈禧太后六十大庆在颐和园的那一番铺张，可怜“薄海欢腾”之中听到鼙鼓之声动地来了！

田舍翁过生日，唯一的节目是吃，真是实行“鸡猪鱼蒜，逢箸则吃；生老病死，时至则行”的主张，什么都是假的，唯独吃在肚里是便宜。读莲池大师《戒杀文》，开篇就说：“一曰生日不宜杀生。哀哀父母，生我劬劳。己身始诞之辰，乃父母垂亡之日也。是日也，正宜戒杀持斋，广行善事，庶使先亡考妣，早获超升，见在椿萱，增延福寿，何得顿忘母难，杀害生灵，上贻累于亲，下不利于己？”虽是蔼然仁者之言，但是不合时尚。祝贺生日的人很少吃下一块覆满蜡油的蛋糕而感到满意的，必须七荤八素的塞满肚皮然后才算礼成。过生日而想到父母，现代人很少有这样的联想力。

画展

我参观画展，常常感觉悲哀。大抵一个人不到山穷水尽的时候，不肯把他所能得到的友谊一下子透支净尽，所以也就不会轻易开画展。门口横挂着一条白布，如果把上面的“画展”二字掩住，任何人都会疑心是追悼会。进得门去“一片缟素”，仔细一看，是一幅幅的画，三三两两的来宾在那里指指点点、叽叽喳喳，有的苦笑，有的撇嘴，有的愁眉苦脸，有的挤眉弄眼，大概总是面带戚容者居多。屋角里坐着一个蓬首垢面的人，手心上直冒冷汗，这一位大概就是精通六法的画家。好像这不是欣赏艺术的地方，而是仁人君子解囊救命的地方。这一幅像八大山人，那一幅像石涛，幅幅后面都隐现着一个面黄肌瘦嗷嗷待哺的人影，我觉得惨。

任凭你参观的时候是多么早，总有几十幅已经标上了红签，表示已被人赏鉴而订购了。可能是真的。因为现在世界上是有一种人，他有力量造起亭台楼阁，有力量设备天棚鱼缸石榴树肥狗胖丫头，偏偏白汪汪的墙上缺少几幅画。这种人很聪明，他的品位是相当高的，他不肯在大厅上挂起福禄寿三星，也不肯挂刘海戏金蟾，因为这是他心里早已有的，一闭眼就看得清清楚楚用不着再挂在面前，他要的是近似四王吴恽甚至元四大家之类的货色。这一类货色是任何画展里都不缺乏的，所以我说那些红签可能是真的，虽然是在开幕以前即已成交。不过也不一定全是真的，第一天三十个红签，如果生意兴隆，有些红签是要赶快取下的，免得耽误了真的顾主，所以第二天就许只剩二十个红签，千万不要以为有十个悬崖勒马的人又退了货。

一幅画如何标价，这虽不见于六法，确是一种艺术。估价要根据成本，此乃不易之论。纸张的质料与尺寸，一也；颜料的种类与分量，二也；裱褙的款式与工料，三也；绘制所用之时间与工力，四也；题识者之身份与官阶，五也。——这是全要顾虑到的。至于画的本身之优劣，可不具论。于成本之外应再加多少盈利，这便要看各人心地之薄与脸皮之厚到如何程度了。但亦有两个学说：一个是高抬物价，一幅枯树牛山，硬标上惊人的高价，观者也许咋舌，但是谁也不愿对于风雅显着外行，他至少也要赞叹两声，认为是神来之笔，如果一时糊涂就许订购而去，一个是廉价多卖，在求人订购的时候比较易于启齿而不太伤感情。

画展闭幕之后，画家的苦难并未终止。他把画一轴轴毕恭毕敬地送到顾主府上，而货价的交割是遥遥无期的，他需要踵门乞讨。如果遇到“内有恶犬”的人家，逡巡不敢入，勉强叩门而入，门房的颜色更可怕，先要受盘查，通报之后，主人也许正在午睡或是有事不能延见，或是推托改日再来。这时节他不能急，他要隐忍，要有艺术家的修养。几曾看见过油盐店的伙计讨账敢于发急？

画展结束之后，检视行箧，卖出去的是哪些，剩下的是哪些，大概可得如下结论：着色者易卖，山水中有人物者易卖，花卉中有翎毛者易卖，工细而繁复者易卖，霸悍粗犷吓人惊俗者易卖，章法奇特而狂态可掬者易卖，有大人先生品题者易卖。总而言之，有卖相者易于脱手，无卖相者便“只供自怡悦”了。绘画艺术的水准就在这买卖之间无形中被规定了。下次开画展的时候，多点石绿，多泼胭脂，山水里不要忘了画小人儿，“空亭不见人”是不行的，花卉里别忘了画只鸟儿，至少也要是一只螳螂知了，要细皴细点，要回环曲折，要有层峦叠嶂，要有亭台楼阁，用大笔，用枯墨，一幅山水可以画得天地头不留余地，五尺捶宣也可以描上三朵梅花而尽是空白。在画法上是之谓画蠹，在画展里是之谓成功。

有人以为画展之事是附庸风雅，无补时艰。我倒不这样想。写字、刻印以及辞章、考证，哪一样又有补时艰？画展只是一种市场，有无相易，买卖自由，不愧于心，无伤大雅。我怕的是，《蜀山图》里画上一辆卡车，《寒林图》里画上一架飞机。

散步

《琅嬛记》云:“古之老人，饭后必散步。”好像是散步限于饭后，仅是老人行之，而且盛于古时。现代的我，年纪不大，清晨起来盥洗完毕便提起手杖出门去散步。这好像是不合古法，但我已行之有年，而且同好甚多，不只我一人。

清晨走到空旷处，看东方既白，远山如黛，空气里没有太多的尘埃炊烟混杂在内，可以放心地尽量地深呼吸，这便是一天中难得的享受。据估计:“目前一般都市的空气中，灰尘和烟煤的每周降量，平均每平方公里约为五吨，在人烟稠密或工厂林立的地区，有的竟达二十吨之多。”养鱼的都知道要经常为鱼换水，关在城市里的人真是如在火宅，难道还不在每天清早从软暖习气中挣脱出来，服几口清凉散?

散步的去处不一定要是山明水秀之区，如果风景宜人，固然觉得心旷神怡，就是荒村陋巷，也自有它的情趣。一切只要随缘。

我从前沿着淡水河边，走到萤桥，现在顺着一条马路，走到土桥，天天如是，仍然觉得目不暇接。朝露未干时，有蚯蚓、大蜗牛在路边蠕动，没有人伤害它们，在这时候，这些小小的生物可以和我们和平共处。也常见有被碾毙的田鸡、野鼠横尸路上，令人触目惊心，想到生死无常。河边蹲踞着三三两两浣衣女，态度并不轻闲，她们的背上兜着垂头瞌睡的小孩子。田畦间伫立着几个庄稼汉，大概是刚拔完萝卜摘过菜。是农家苦，还是农家乐，不大好说。就是从巷弄里面穿行，无意中听到人家里的喁喁絮语，有时也能令人忍俊不禁。

六朝人喜欢服五石散，服下去之后五内如焚，浑身发热，必须散步以资宣泄。到唐朝时犹有这种风气。无稹诗“行药步墙阴”，陆龟蒙诗“更拟结茅临水次，偶因行药到村前”。所谓行药，就是服药后的散步。这种散步，我想是不舒服的。肚里面有丹砂、雄黄、白矾之类的东西作怪，必须脚步加快，步出一身大汗，方得畅快。我所谓的散步不这样紧张，遇到天寒风大，可以缩颈急行，否则亦不妨迈方步，缓缓而行。培根有言：“散步利胃。”我的胃口已经太好，不可再利，所以我从不跄踉地趱路。六朝人所谓“风神萧散，望之如神仙中人”，一定不是在行药时的写照。

散步时总得携带一根手杖，手里才觉得不闲得慌。山水画里的人物，凡是跋山涉水的总免不了要有一根邛杖，否则好像是摆不稳当似的。王维诗：“策杖村西日斜。”村东日出时也是一样需要策杖。一杖在手，无须舞动，拖曳就可以了。我的一根手杖，因为在地面摩擦的关系，已较当初短了寸余。手杖有时亦可作为武器，聊备不时之需，因为在街上散步者不仅是人，还有狗。不是夹着尾巴的丧家之狗，也不是循循然汪汪叫的土生土长的狗，而是那种雄赳赳的横眉竖眼张口伸舌的巨獒，气咻咻地迎面而来，后面还跟着骑脚踏车的扈从，这时节我只得一面退避三舍，一面加力握紧我手里的竹杖。那狗脖子上挂着牌子，当然是纳过税的，还可能是系出名门，自然也有权利出来散步。还好，此外尚未遇见过别的什么猛兽。唐慈藏大师“独静行禅，不避虎兕”，我只有自惭定力不够。

散步不需要伴侣，东望西望没人管，快步慢步由你说，这不但是自由，而且只有在这种时候才特别容易领略到“前不见古人，后不见来者”那种“分段苦”的味道。天覆地载，孑然一身。事实上街道上也不是绝对的阒无一人，策杖而行的不只我一个，而且经常有很熟的面孔准时准地地出现，还有三五成群的小姑娘，老远地就送来木屐声。天长日久，面孔都熟了，但是谁也不理谁。在外国的小都市，你清早出门，一路上打扫台阶的老太婆总要对你搭讪一两句话，要是在郊外山上，任何人都要彼此脱帽招呼。他们不嫌多事。我有时候发现，一个形容枯槁的老者忽然不见他在街道散步了，第二天也不见，第三天也不见，我真不敢猜想他是到哪里去了。

太阳一出山，把人影照得好长，这时候就该往回走。再晚一点便要看到穿蓝条睡衣睡裤的女人们在街上或是河沟里倒垃圾，或者是捧出红泥小火炉在路边呼呼地扇起来，弄得烟气腾腾。尤其是，风驰电掣的现代交通工具也要像是猛虎出柙一般地露面了，行人总以回避为宜。所以，散步一定要在清晨，白居易诗：“晚来天气好，散步中门前。”要知道白居易住的地方是伊阙，是香山，和我们住的地方不一样。

旧

“我爱一切旧的东西——老朋友，旧时代，旧习惯，古书，陈酿；而且我相信，陶乐赛，你一定也承认我一向是很喜欢一位老妻。”这是高尔斯密的名剧《委曲求全》(*She Stoops to Conquer*)中那位守旧的老头儿哈德卡索先生说的话。他的夫人陶乐赛听了这句话，心里有一点高兴，这风流的老头子还是喜欢她，但是也不是没有一点愠意，因为这一句话的后半段说穿了她的老。这句话的前半段没有毛病，他个人有此癖好，干别人什么事？而且事实上有很多人颇具同感，也觉一切东西都是旧的好，除了朋友、时代、习惯、书、酒之外，有数不尽的事物都是越老越古越旧越陈越好。所以有人把这半句名言用花体正楷字母抄了下来，装在玻璃框里，挂在墙上，那意思好像是在向喜欢除旧布新的人挑战。

俗语说：“人不如故，衣不如新。”其实，衣着这类还是旧的舒适。新装上身之后，东也不敢坐，西也不敢靠，战战兢兢。我看见过有人全神贯注在他的新西装裤管上的那一条直线，坐下之后第一桩事便是用手在膝盖处提动几下，生恐膝部把他的笔直的裤管撑得变成了口袋。人生至此，还有什么趣味可说！看见过爱因斯坦的小照吗？他总是披着那一件敞着领口胸怀的松松大大的破夹克，上面少不了烟灰烧出的小洞，更不会没有一片片的汗斑油渍，但是他在这件破旧衣裳遮盖之下优哉游哉地神游于太虚之表。《世说新语》记载着："桓车骑不好著新衣，浴后，妇故送新衣与，车骑大怒，催使持去。妇更持还，传语云：'衣不经新，何由而故？'桓公大笑，著之。"桓冲真是好说话，他应该说："有旧衣可着，何用新为？"也许他是为了保持闾内安宁，所以才一笑置之。"杀头而便冠"的事情我还没有见过；但是"削足而适履"的行为，则颇多类似的例证。一般人穿的鞋，其制作设计很少有顾到一只脚是有五个趾头的，穿这样的鞋虽然无须"削"足，但是我敢说五个脚趾绝对缺乏生存空间。有人硬是觉得，新鞋不好穿，敝屣不可弃。

"新屋落成"金圣叹列为"不亦快哉"之一，快哉尽管快哉，随后那"树小墙新"的一段暴发气象却是令人难堪。"欲存老盖千年意，为觅霜根数寸栽"，但是需要等待多久！一栋建筑要等到相当破旧，才能有"树林荫翳，鸟声上下"之趣，才能有"苔痕上阶绿，草色入帘青"之乐。西洋的庭园，不时地要剪草，要修树，要打扮得新鲜耀眼，我们的园艺标准显然地有些不同，即使是帝王之家的园囿也要在亭阁楼台画栋雕梁之外安排一个"濠濮间”“谐趣园”，表示一点点陈旧古老的萧瑟之气。至于讲学的上庠，要是墙上没有多年蔓生的常春藤，基脚上没有远年积留的苔藓，那还能算是第一流吗?

旧的事物之所以可爱，往往是因为它有内容，能唤起人的回忆。例如，阳历尽管是我们正式采用的历法，在民间则阴历仍不能废，每年要过两个新年，而且只有在旧年才肯“新桃换旧符”。明知地处亚热带，仍然未能免俗要烟熏火燎地制造常常带有尸味的腊肉。端午节的龙舟粽子是不可少的，有几个人想到那“露才扬己，怨怼沉江”的屈大夫？还不是旧俗相因虚应故事？中秋赏月，重九登高，永远一年一度地引起人们不可磨灭的兴味。甚至腊八的那一锅粥，都有人难以忘怀。至于供个人赏玩的东西，当然是越旧越有意义。一把宜兴砂壶，上面有陈曼生制铭镌句，纵然破旧，气味自然高雅。“樗蒲锦背元人画，金粟笺装宋版书”，更是足以使人超然远举，与古人游。我有古钱一枚，“临安府行用，准叁百文省”，把玩之余不能不联想到南渡诸公之观赏西湖歌舞。我有胡桃一对，祖父常常放在手里揉动，咯咯咯咯地作响，后来又在我父亲手里揉动，也咯咯咯咯地响了几十年，圆滑红润，有如玉髓，真是先人手泽，现在轮到我手里咯咯咯咯地响了，好几次险些儿被我的儿孙辈敲碎取出桃仁来吃！每一个破落户都可以拿出几件旧东西来，这是不足为奇的事。国家亦然。多少衰败的古国都有不少的古物，可以令人惊羡、欣赏、感慨、唏嘘！

旧的东西之可留恋的地方固然很多，人生之应该日新又新的地方亦复不少。对于旧日的典章文物我们尽管欢喜赞叹，可是我们不能永远盘桓在美好的记忆境界里，我们还是要回到这个现实的地面上来。在博物馆里我们面对商周的吉金，宋元明的书画瓷器，可是溜酸双腿走出门外便立刻要面对挤死人的公共汽车，丑恶的市招和各种饮料一律通用的玻璃杯！

旧的东西大抵可爱，唯旧病不可复发。诸如夜郎自大的脾气，奴隶制度的残余，懒惰自私的恶习，蝇营狗苟的丑态，畸形病态的审美观念，以及罄竹难书的诸般病症，皆以早去为宜。旧病才去，可能新病又来，然而总比旧疴新恙一时并发要好一些。最可怕的是，倡言守旧，其实只是迷恋骸骨；唯新是骛，其实只是摭拾皮毛，那便是新旧之间两俱失之了。

雅舍

到四川来，觉得此地人建造房屋最是经济。火烧过的砖，常常用来做柱子，孤零零地砌起四根砖柱，上面盖上一个木头架子，看上去瘦骨嶙峋，单薄得可怜；但是顶上铺了瓦，四面编了竹篦墙，墙上敷了泥灰，远远地看过去，没有人能说不像是座房子。我现在住的“雅舍”正是这样一座典型的房子。不消说，这房子有砖柱，有竹篦墙，一切特点都应有尽有。讲到住房，我的经验不算少，什么“上支下摘”“前廊后厦”“一楼一底”“三上三下”“亭子间”“茅草棚”“琼楼玉宇”和“摩天大厦”各式各样，我都尝试过。我不论住在哪里，只要住得稍久，对那房子便发生感情，非不得已我还舍不得搬。这“雅舍”，我初来时仅求其能蔽风雨，并不敢存奢望，现在住了两个多月，我的好感油然而生。虽然我已渐渐感觉它并不能蔽风雨，因为有窗而无玻璃，风来则洞若凉亭，有瓦而空隙不少，雨来则渗如滴漏。纵然不能蔽风雨，“雅舍”还是自有它的个性。有个性就可爱。

“雅舍”的位置在半山腰，下距马路约有七八十层的土阶。前面是阡陌螺旋的稻田。再远望过去是几抹葱翠的远山，旁边有高粱地，有竹林，有水池，有粪坑，后面是荒僻的榛莽未除的土山坡。若说地点荒凉，则月明之夕，或风雨之日，亦常有客到，大抵好友不嫌路远，路远乃见情谊。客来则先爬几十级的土阶，进得屋来仍须上坡，因为屋内地板乃依山势而铺，一面高，一面低，坡度甚大，客来无不惊叹，我则久而安之，每日由书房走到饭厅是上坡，饭后鼓腹而出是下坡，亦不觉有大不便处。

“雅舍”共是六间，我居其二。篦墙不固，门窗不严，故我与邻人彼此均可互通声息。邻人轰饮作乐，咿唔诗章，喁喁细语，以及鼾声、喷嚏声、吮汤声、撕纸声、脱皮鞋声，均随时由门窗户壁的隙处荡漾而来，破我岑寂。入夜则鼠子瞰灯，才一合眼，鼠子便自由行动，或搬核桃在地板上顺坡而下，或吸灯油而推翻烛台，或攀援而上帐顶，或在门框桌脚上磨牙，使得人不得安枕。但是对于鼠子，我很惭愧地承认，我“没有法子”。“没有法子”一语是被外国人常常引用着的，以为这话最足代表中国人的懒惰隐忍的态度。其实我对付鼠子并不懒惰。窗上糊纸，纸一戳就破；门户关紧，而相鼠有牙，一阵咬便是一个洞洞。试问还有什么法子？洋鬼子住到“雅舍”里，不也是“没有法子”？比鼠子更骚扰的是蚊子。“雅舍”的蚊风之盛，是我前所未见的。“聚蚊成雷”真有其事！每当黄昏时候，满屋里磕头碰脑的全是蚊子，又黑又大，骨骼都像是硬的。在别处蚊子早已肃清的时候，在“雅舍”则格外猖獗，来客偶不留心，则两腿伤处累累隆起如玉蜀黍，但是我仍安之。冬天一到，蚊子自然绝迹，明年夏天——谁知道我还是住在“雅舍”！

“雅舍”最宜月夜——地势较高，得月较先。看山头吐月，红盘乍涌，一霎间，清光四射，天空皎洁，四野无声，微闻犬吠，坐客无不悄然！舍前有两株梨树，等到月升中天，清光从树间筛洒而下，地上阴影斑斓，此时尤为幽绝。直到兴阑人散，归房就寝，月光仍然逼进窗来，助我凄凉。细雨蒙蒙之际，“雅舍”亦复有趣。推窗展望，俨然米氏章法，若云若雾，一片弥漫。但若大雨滂沱，我就又惶悚不安了，屋顶湿印到处都有，起初如碗大，俄而扩大如盆，继则滴水乃不绝，终乃屋顶灰泥突然崩裂，如奇葩初绽，砉然一声而泥水下注，此刻满室狼藉，抢救无及。此种经验，已数见不鲜。

“雅舍”之陈设，只当得“简朴”二字，但洒扫拂拭，不使有纤尘。我非显要，故名公巨卿之照片不得入我室；我非牙医，故无博士文凭张挂壁间；我不业理发，故丝织西湖十景以及电影明星之照片亦均不能张我四壁。我有一几一椅一榻，酣睡写读，均已有着，我亦不复他求。但是陈设虽简，我却喜欢翻新布置。西人常常讥笑妇人喜欢变更桌椅位置，以为这是妇人天性喜变之一证。诬否且不论，我是喜欢改变的。中国旧式家庭，陈设千篇一律，正厅上是一条案，前面一张八仙桌，一边一把靠椅，两旁是两把靠椅夹一只茶几。我以为陈设宜求疏落参差之致，最忌排偶。“雅舍”所有，毫无新奇，但一物一事之安排布置俱不从俗。人入我室，即知此是我室。笠翁《闲情偶寄》之所论，正合我意。

“雅舍”非我所有，我仅是房客之一。但思“天地者万物之逆旅”，人生本来如寄，我住“雅舍”一日，“雅舍”即一日为我所有。即使此一日亦不能算是我有，至少此一日“雅舍”所能给予之苦辣酸甜，我实躬受亲尝。刘克庄词：“客舍似家家似寄。”我此时此刻卜居“雅舍”，“雅舍”即似我家。其实似家似寄，我亦分辨不清。

长日无俚，写作自遣，随想随写，不拘篇章，冠以“雅舍小品”四字，以示写作所在，且志因缘。

窗外

窗子就是一个画框，只是中间加些棂子，从窗子望出去，就可以看见一幅图画。那幅图画是妍是媸，是雅是俗，是闹是静，那就只好随缘。我今寄居海外，栖身于“白屋”楼上一角，临窗设几，作息于是，沉思于是，只有在抬头见窗的时候看到一幅幅的西洋景。现在写出窗外所见，大概是近似北平天桥之大金牙的拉大片吧？

“白屋”是地地道道的一座刷了白颜色油漆的房屋，既没有白茅覆盖，也没有外露木材，说起来好像是《韩诗外传》里所谓的“穷巷白屋”，其实只是一座方方正正见棱见角的美国初期形式的建筑物。我拉开窗帘，首先看见的是一块好大好大的天。天为盖，地为舆，谁没看见过天？但是，不，以前住在人烟稠密天下第一的都市里，我看见的天仅是小小的一块，像是坐井观天，迎面是楼，左面是楼，右面是楼，后面还是楼，楼上不是水塔，就是天线，再不然就是五色缤纷的晒洗衣裳。井底蛙所见的天只有那么一点点。“白屋”地势荒僻，眼前没有遮挡，尤其是东边隔街是一个小学操场，绿草如茵，偶然有些孩子在那里蹦蹦跳跳；北边是一大块空地，长满了荒草，前些天还绽出一片星星点点的黄花，这些天都枯黄了，枯草里有几株参天的大树，有枞有枫，都直挺挺稳稳地矗立着；南边隔街有两家邻居；西边也有一家。有一天午后，小雨方住，蓦然看见天空一道彩虹，是一百八十度完完整整、清清楚楚的一条彩带，所谓虹饮江皋，大概就是这个样子。虹销雨霁的景致，不知看过多少次，却没看过这样规模壮阔的虹。窗外太空旷了，有时候零雨潸潸，竟不见雨脚，不闻雨声，只见有人撑着伞，坡路上的水流成了渠。

路上的汽车往来如梭，而行人绝少。清晨有两个头发斑白的老者绕着操场跑步，跑得气咻咻的，不跑完几个圈不止，其中有一个还有一条大黑狗做伴。黑狗除了运动健身之外，当然不会轻易放过一根电线杆子而不留下一点记号，更不会不选一块芳草鲜美的地方施上一点肥料。天气晴和的时候常有十八九岁的大姑娘穿着斜纹布蓝工裤，光着脚在路边走，白皙的两只脚光光溜溜的，脚底板踩得脏兮兮，路上万一有个图钉或玻璃碴之类的东西，不知如何是好？日本的武者小路实笃曾经说起：“传有久米仙人者，因逃情，入山苦修成道。一日腾云游经某地，见一浣纱女，足胫甚白，目眩神驰，凡念顿生，飘忽之间已自云头跌下。”（见周梦蝶诗《无题》附记）我不会从窗头跌下，因为我没有目眩神驰。我只是想：裸足走路也算是年轻一代之反传统反文明的表现之一，以后恐怕还许有人要手脚着地爬着走，或索性倒竖蜻蜓用两只手走路，岂不更为彻底更为前进？至于长头发大胡子的男子现在已经到处皆是，甚至我们中国人也有沾染这种习气的（包括一些学生与餐馆侍者），习俗移人，一至于此！

星期四早晨清除垃圾，也算是一景。这地方清除垃圾的工作不由官办，而是民营。各家的垃圾贮藏在几个铅铁桶里，上面有盖，到了这一天则自动送到门前待取。垃圾车来，并没有八音琴乐，也没有叱咤吆喝之声，只闻稀里哗啦的铁桶响。车上一共两个人，一律是彪形黑大汉，一个人搬铁桶往车里掼，另一个司机也不闲着，车一停他也下来帮着搬，而且两个人都用跑步，一点也不从容。垃圾掼进车里，机关开动，立即压绞成为碎碴，要想从垃圾里拣出什么瓶瓶罐罐的分门别类地放在竹篮里挂在车厢上，殆无可能。每家月纳清洁费二元七角钱，包商叫苦，要求各家把铁桶送到路边，节省一些劳力，否则要加价一元。

公共汽车的一个招呼站就在我的窗外。车里没有车掌，当然也就没有晚娘面孔。所有开门，关门，收钱，掣给转站票，全由司机一人兼理。幸亏坐车的人不多，司机还有闲情逸致和乘客说声早安。二十分钟左右过一班车，当然是亏本生意，但是贴本也要维持。每一班车都是疏疏落落的三五个客人，凄凄清清惨惨。许多乘客是老年人，目视昏花，手脚失灵，耳听聋聩，反应迟缓，公共汽车是他们唯一的交通工具。也有按时上班的年轻人搭乘，大概是怕城里没处停放汽车。有一位工人模样的候车人，经常准时在我窗下出现，从容打开食盒，取出热水瓶，喝一杯咖啡，然后登车而去。

我没有看见过一只过街鼠，更没看见过老鼠肝脑涂地地陈尸街心。狸猫多得很，几乎个个是肥头胖脑的，毛也泽润。猫有猫食，成瓶成罐地在超级市场的货架上摆着。猫刷子、猫衣服、猫项链、猫清洁剂，百货店里都有。我几乎每天看见黑猫白猫在北边荒草地里时而追逐，时而亲昵，时而打滚。最有趣的是松鼠，弓着身子一蹿一蹿地到处乱跑，一听到车响，仓促地爬上枞枝。窗下放着一盘鸟食、黍米之类，麻雀群来果腹，红襟鸟则望望然去之，它茹荤，它要吃死的蛞蝓活的蚯蚓。

窗外所见的约略如是。王粲登楼，一则曰："虽信美而非吾土兮，曾何足以少留！"再则曰："昔尼父之在陈兮，有归欤之叹音。钟仪幽而楚奏兮，庄舄显而越吟。人情同于怀土兮，岂穷达而异心？"临楮凄怆，吾怀吾土。

旅行

我们中国人是最怕旅行的一个民族。闹饥荒的时候都不肯轻易逃荒，宁愿在家乡吃青草啃树皮吞观音土，生怕离乡背井之后，在旅行中流为饿殍，失掉最后的权益——寿终正寝。至于席丰履厚的人更不愿轻举妄动，墙上挂一张图画，看看就可以当“卧游”，所谓“一动不如一静”。说穿了“太阳下没有新鲜事物”。号称山川形胜，还不是几堆石头一汪子水？

我记得做小学生的时候，郊外踏青，是一桩心跳的事，多早就筹备，起个大早，排成队伍，擎着校旗，鼓乐前导，事后下星期还得作一篇《远足记》，才算功德圆满。旅行一次是如此的庄严！我的外祖母，一生住在杭州城内，八十多岁，没有逛过一次西湖，最后总算去了一次，但是自己不能行走，抬到了西湖，就没有再回来——葬在湖边山上。

古人云：“一生能着几两屐？”这是劝人及时行乐，莫怕多费儿双鞋。但是旅行果然是一桩乐事吗？其中是否含着有多少苦恼的成分呢？

出门要带行李，那一个几十斤重的五花大绑的铺盖卷儿便是旅行者的第一道难关。要捆得紧，要捆得俏，要四四方方，要见棱见角，与稀松露馅的大包袱要迥异其趣，这已经就不是一个手无缚鸡之力的人所能胜任的了。关卡上偏有好奇人要打开看看，看完之后便很难得再复原。“乘兴而来，兴尽而返。”很多人在打完铺盖卷儿之后就觉得游兴已尽了。在某些国度里，旅行是不需要携带铺盖的，好像凡是有床的地方就有被褥，有被褥的地方就有随时洗换的被单——旅客可以无牵无挂，不必像蜗牛似的顶着安身的家伙走路。携带铺盖究竟还容易办得到，但是没听说过带着床旅行的，天下的床很少没有臭虫设备的。我很怀疑一个人于整夜输血之后，第二天还有多少精神游山逛水。我有一个朋友发明了一种服装，按着他的头躯四肢的尺寸做了一件天衣无缝的睡衣，人钻在睡衣里面，只留眼前两个窟窿，和外界完全隔绝——只是那样子有些像是 ×××，夜晚出来曾经几乎吓死一个人！

原始的交通工具，并不足为旅客之苦。我觉得“滑竿”“架子车”都比飞机有趣。“御风而行，泠然善也”，那是神仙生涯。在尘世旅行，还是以脚能着地为原则。我们要看朵朵的白云，但并不想在云隙里钻出钻进；我们要“横看成岭侧成峰，远近高低各不同”，但并不想把世界缩小成假山石一般玩物似的来欣赏。我惋惜弥尔顿所称述的中土有“挂帆之车”尚不曾坐过。交通工具之原始不是病，病在于舟车之不易得，车夫舟子之不易缠，“衣帽自看”固不待言，还要提防青纱帐起。刘伶“死便埋我”，也不是准备横死。

旅行虽然夹杂着苦恼，究竟有很大的乐趣在。旅行是一种逃避——逃避人间的丑恶。

“大隐藏人海”，我们不是大隐，在人海里藏不住。岂但人海里安不得身？在家园也不容易遁迹。成年地圈在四合房里，不必仰屋就要兴叹；成年地看着家里的那一张脸，不必牛衣也要对泣。家里面所能看见的那一块青天，只有那么一大块。取之不尽用之不竭的清风明月，在家里都不能充分享用，要放风筝需要举着竹竿爬上房脊，要看日升月落需要左右邻居没有遮拦。走在街上，熙熙攘攘，磕头碰脑的不是人面兽，就是可怜虫。在这种情形之下，我们虽无勇气披发入山，至少为什么不带着一把牙刷捆起铺盖出去旅行几天呢？在旅行中，少不了风吹雨打，然后倦飞知还，觉得“在家千日好，出门一时难”，这样便可以把那不可容忍的家变成暂时可以容忍的了。下次忍耐不住的时候，再出去旅行一次。如此折腾几回，这一生也就差不多了。

旅行中没有不感觉枯寂的，枯寂也是一种趣味。哈兹里特（Hazlitt）主张在旅行时不要伴侣，因为：“如果你说路那边的一片豆田有股香味，你的伴侣也许闻不见。如果你指着远处的一件东西，你的伴侣也许是近视的，还得戴上眼镜看。”一个不合意的伴侣，当然是累赘。但是人是个奇怪的动物，人太多了嫌闹，没人陪着嫌闷。耳边嘈杂怕吵，整天咕嘟着嘴又怕口臭。旅行是享受清福的时候，但是也还想拉上个伴。只有神仙和野兽才受得住孤独。

在社会里我们觉得面目可憎语言无味的人居多，避之唯恐或晚，在大自然里又觉得人与人之间是亲切的。到美国落基山上旅行过的人告诉我，在山上若是遇见另一个旅客，不分男女老幼，一律脱帽招呼，寒暄一两句。还是很有意味的一个习惯。大概只有在旷野里我们才容易感觉到人与人是属于一门一类的动物，平常我们太注意人与人的差别了。

真正理想的伴侣是不易得的，客厅里的好朋友不见得即是旅行的好伴侣，理想的伴侣须具备许多条件，不能太脏，如嵇叔夜"头面常一月十五日不洗，不太闷痒不能沐也"，也不能有洁癖，什么东西都要用火酒揩，不能如泥塑木雕，如死鱼之不张嘴，也不能终日喋喋不休，整夜鼾声不已，不能油头滑脑，也不能蠢头呆脑，要有说有笑，有动有静，静时能一声不响地陪着你看行云、听夜雨，动时能在草地上打滚像一条活鱼！这样的伴侣哪里去找?

理发

理发不是一件愉快事。让牙医拔过牙的人，望见理发的那张椅子就会怵怵不安，两种椅子有点相像。我们并不希望理发店的椅子都是檀木螺钿，或是路易十四式，但至少不应该那样的丑，方不方圆不圆的，死橛橛硬邦邦的，使你感觉到坐上去就要受人割宰的样子。门口担挑的剃头挑儿，更吓人，竖着的一根小小的旗杆，那原是为挂人头的。

但是理发是一种必不可免的麻烦。“君子整其衣冠，尊其瞻视，何必蓬头垢面，然后为贤？”理发亦是观瞻所系。印度锡克族，向来是不剪发不剃须的，那是“受诸父母不敢毁伤”的意思，所以一个个的都是满头满脸毛毵毵的，滔滔皆是，不以为怪。在我们的社会里，就不行了，如果你蓬松着头发，就会有人疑心你是在丁忧，或是才从监狱里出来。髭须是更讨厌的东西，如果蓄留起来，七根朝上八根朝下都没有关系，嘴上有毛受人尊敬，如果刮得光光的露出一块青皮，也行，也受人尊敬，唯独不长不短的三两分长的髭须，如鬃鬣，如刺猬，如刈后的稻秆，看起来令人不敢亲近，鲁智深“腮边新剃暴长，短须戗戗的好渗濑人”，所以人先有五分怕他。钟馗须髯如戟，是一副啖鬼之相。我们既不想吓人，又不欲啖鬼，而且不敢不以君子自勉，如何能不常到理发店去？

理发匠并没有令人应该不敬重的地方，和刽子手屠户同样的是一种为人群服务的职业，而且理发匠特别显得高尚，那身西装便可以说是高等华人的标志。如果你交一个刽子手朋友，他一见到你就会相度你的脖颈，何处下刀相宜，这是他的职业使然。理发匠俟你坐定之后，便伸胳膊挽袖相度你那一脑袋的毛发，对于毛发所依附的人并无兴趣。一块白绸布往你身上一罩，不见得是新洗的，往往是斑斑点点的如虎皮宣。随后是一根布条在咽喉处一勒。当然不会致命，不过箍得也就够紧，如果是自己的颈子大概舍不得用那样大的力。头发是以剪为原则，但是附带着生薅硬拔的却也不免，最适当的抗议是对着那面镜子拧眉皱眼地做个鬼脸，而且希望他能看见。人的头生在颈上，本来是可以相当地旋转自如的，但是也有几个角度是不大方便的，理发匠似乎不大顾虑到这一点，他总觉得你的脑袋的姿势不对，把你的头扳过来扭过去，以求适合他的刀剪。我疑心理发匠许都是孔武有力的，不然腕臂间怎有那样大的力气？

椅子前面竖起一面大镜子是颇有道理的，倒不是为了可以顾影自怜，其妙在可以知道理发匠是在怎样收拾你的脑袋，人对于自己的脑袋没有不关心的。戴眼镜的朋友摘下眼镜，一片模糊，所见亦属有限。尤其是在刀剪晃动之际，呆坐如僵尸，轻易不敢动弹，对于左右坐着的邻客无从瞻仰，是一憾事。左边客人在挺着身子刮脸，声如割草，你以为必是一个大汉，其实未必然，也许是个女客；右边客人在喷香水擦雪花，你以为必是佳丽，其实亦未必然，也许是个男子。所以不看也罢，看了怪不舒服。最好是废然枯坐。

其中比较最愉快的一段经验是洗头。浓厚的肥皂汁滴在头上，如醍醐灌顶，用十指在头上搔抓，虽然不是麻姑，却也手似鸟爪。令人着急的是头皮已然搔得清痛，而东南角上一块最痒的地方始终不曾搔到。用水冲洗的时候，难免不泛滥入耳，但念平素盥洗大概是以脸上本部为限，边远陬隅辄弗能届，如今痛加涤荡，亦是难得的盛举。电器吹风，却不好受，时而凉风习习，时而夹上一股热流，热不可当，好像是一种刑罚。

最令人难堪的是刮脸。一把大刀锋利无比，在你的喉头上眼皮上耳边上，滑来滑去，你只能瞑目屏息，捏一把汗。Robert Lynd 写过一篇《关于刮脸的讲道》，他说：

> 当剃刀触到我的脸上，我不免有这样的念头：假使理发匠忽然疯狂了呢？很幸运的，理发匠从未发疯狂过，但我遭遇过别种差不多的危险。例如，有一个矮小的法国理发匠在雷雨中给我刮脸，电光一闪，他就跳得好老

高。还有一个喝醉了的理发匠，举着剃刀找我的脸，像个醉汉的样子伸手去一摸却扑了个空。最后把剃刀落在我的脸上了，他却靠在那里镇定一下，靠得太重了些，居然把我的下颊右方刮下了一块胡须，刀还在我的皮上，我连抗议一声都不敢。就是小声说一句，我觉得，都会使他丧胆而失去平衡，我的颈静脉也许要在他不知不觉间被他割断，后来剃刀暂时离开我的脸了，大概就是法国人所谓 Reculer pour mieux saurer（退回去以便再向前扑），我趁势立刻用梦魇的声音叫起来："别刮了，别刮了，够了，谢谢你"……

这样吓人的经验并不多有。不过任何人都要心悸，如果在刮脸时想起相声里的那段笑话，据说理发匠学徒的时候是用一个带茸毛的冬瓜来做试验的，有事走开的时候便把刀向瓜上一剁，后来出师服务，常常错认人头仍是那个冬瓜。刮脸的危险还在其次，最可恶的是他在刮后用手毫无忌惮地在你脸上摸，摸完之后你还得给他钱！

洗澡

谁没有洗过澡！生下来第三天，就有“洗儿会”，热腾腾的一盆香汤，还有果子彩钱，亲朋围绕着看你洗澡。“洗三”的滋味如何，没有人能够记得。被杨贵妃用锦绣大襁褓裹起来的安禄山也许能体会一点点“洗三”的滋味，不过我想当时禄儿必定别有心事在。

稍为长大一点，被母亲按在盆里洗澡永远是终身不忘的经验。越怕肥皂水流进眼里，肥皂水越爱往眼角里钻。胳肢窝怕痒，两肋也怕痒，脖子底下尤其怕痒，如果咯咯大笑把身子弄成扭股糖似的，就会顺手一巴掌没头没脸地拍了下来，有时候还真有一点痛。

成年之后，应该知道澡雪垢滓乃人生一乐，但亦不尽然。我读中学的时候，学校有洗澡的设备，虽是因陋就简，冷热水却甚充分。但是学校仍须严格规定，至少每三天必须洗澡一次。这规定比起汉律“吏五日得一休沐”意义大不相同。五日一休沐，是放假一天，沐不沐还不是在你自己。学校规定三日一洗澡是强迫性的，而且还有惩罚的办法，洗澡室备有签到簿，三次不洗澡者公布名单，仍不悛悔者则指定时间派员监视强制执行。以我所知，不洗澡而签名者大有人在，俨如伪造文书；从未见有名单公布，更未见有人在众目睽睽之下袒裼裸裎，法令徒成具文。

我们中国人一向是把洗澡当成一件大事的。自古就有沐浴而朝，斋戒沐浴以祀上帝的说法。曾点的生平快事是“浴于沂”。唯因其为大事，似乎未能视为日常生活的一部分。到了唐朝，还有人“居丧毁慕，三年不澡沐”。晋朝的王猛扪虱而谈，更是经常不洗澡的明证。白居易诗“今朝一澡濯，衰瘦颇有余”，洗一回澡居然有诗以纪之的价值。

旧式人家，尽管是深宅大院，很少有特辟浴室的。一只大木盆，能蹲踞其中，把浴汤泼溅满地，便可以称心如意了。在北平，街上有的是“金鸡未唱汤先热，红日东升客满堂”的澡堂，也有所谓高级一些的如“西昇平”，但是很多人都不敢问津，倒不一定是如米芾之“好洁成癖至不与人同巾器”，也不是怕进去被人偷走了裤子，实在是因为医药费用太大。“早晨皮包水，晚上水包皮”，怕的是水不仅包皮，还可能有点什么东西进入皮里面去。明知道有些城市的澡堂里面可以搓澡、敲背、捏足、修脚、理发、吃东西、高枕而眠，甚而至于不仅是高枕而眠，一律都非常方便，有些胆小的人还是望望然去之，宁可回到家里去蹲踞在那一只大木盆里将就将就。

近代的家庭洗澡间当然是令人称便，可惜颇有“西化”之嫌，非我国之所固有。不过我们也无须过于自馁，西洋人之早雨浴晚雨浴一天潡洗两回，也只是很晚近的事。罗马皇帝喀拉凯拉之广造宏丽的公共浴室容纳一万六千人同时入浴，那只是历史上的美谈。那些浴室早已由于蛮人入侵而沦为废墟，早期基督教的禁欲趋向又把沐浴的美德破坏无遗。在中古期间的僧侣是不大注意他们的肉体上的清洁的。“与其澡于水，宁澡于德”（傅玄《澡盘铭》）大概是他们所信奉的道理。欧洲近代的修女学校还留有一些中古遗风，女生们隔两个星期才能洗澡一次，而且在洗的时候还要携带一件长达膝部以下的长袍作为浴衣，脱衣服的时候还有一套特殊技术，不可使自己看到自己的身体！英国维多利亚时代之“星期六晚的洗澡”是一般人民经常有的生活项目之一。平常的日子大概都是“不宜沐浴”。

我国的佛教僧侣也有关于沐浴的规定，请看《百丈清规·六》：“展浴袱取出浴具于一边，解上衣，未卸直裰，先脱下面裙裳，以脚布围身，方可系浴裙，将裩裤卷折纳袱内”。虽未明言隔多久洗一次，看那脱衣层次规定之严，其用心与中古基督教会殆异曲同工。

在某些情形之下裸体运动是有其必要的，洗澡即其一也。在短短一段时间内，在一个适当的地方，即使于洗濯之余观赏一下原来属于自己的肉体，亦无伤大雅。若说赤身裸体便是邪恶，那么衣冠禽兽又好在哪里？《礼记·儒行》云："儒有澡身而浴德。"我看人的身与心应该都保持清洁，而且并行不悖。

我看电视

有人问我看不看电视。

我说我看。不过我在扭接电视之前，先提醒我自己几件事。

第一，电视公司不是我开的，所以我不能指挥他们播出什么样的节目。电视节目就好像是餐馆的“定食”（唯一的一组和菜），吃不吃由你，你不能点菜。当然，有几个频道可供选择。可是内容通常都差不多，实在也没有什么选择。

第二，看电视的不只我一个人。看各处屋顶上挓挲着的一排排鱼骨天线，即可知其观众如何的广大。其中有老有少，有男有女，有君子小人，有贤愚智不肖，他们的口味自然不大相同，而电视制作必须要在他们的不同口味之中找出“公分母”，播映出来的节目要老少咸宜雅俗共赏。其结果可能是里外不讨好，有人嫌太雅，又有人嫌太俗。所以做节目的人，不但左右为难，而且上下交责，自己良心也往往忐忑不安，他们这份差事不容易当。

第三，电视是一种买卖生意。在商言商，当然要牟利。观众是买主。可是观众并未买票。天下焉有看白戏的道理？可是观众又是非要不可的。天下焉有不要观众的戏？于是电视另有生财之道，招登广告。电视广告费是以秒计的，离日进斗金的目标也许不会太远。广告商舍得花大钱登广告，又有他们的打算，利用广告心理招引观众买他们的货物。观众通常是不爱看广告的，尤其是插在节目中间的广告，不但扫兴，简直是讨厌。可是我们必须忍受，因为事实上是广告商招待我们看戏。

提醒自己上述几点之后就可以大模大样地看电视了。看电视当然也有一个架势。不远不近地有个座位，灯光要调整好，泡碗好茶，配上一些闲食零嘴。“TV 餐”倒不必要，很少人为了贪看电视像英国 18 世纪三明治伯爵因舍不得离开赌桌而吃三明治（TV 餐不高明，远不及三明治）。美国的标准电视零食是爆米花或炸洋芋片。按我们中国人的口味，似乎金圣叹临刑前所说：“花生米与豆腐干同食大有火腿滋味。”确是不无道理。

看不久，广告来了。你有没有香港脚，你是否患了感冒，你要不要滋补，你想不想像狼豹一般在田野飞驰？有些广告画面优美，也有些恶声恶相。广告时间就可以闭目养神，即使打个盹也没有多大损失。有时候真的呼呼大睡起来。平素失眠的人在电视前容易入睡。

看电视多半是为娱乐，杀时间。但是有时亦适得其反，恶心。哭哭啼啼的没完没结，动不动的就是眼泪直流，不是令人心酸，是令人反胃，更难堪的是笑剧穿插。很少喜剧演员能保持正常的人的面孔，不是焦眉皱眼，就是龇牙咧嘴，再不就是佝腰缩颈，走起路来欹里歪斜，好像非如此不能引起大家的欢笑。当年文明戏盛行的时候，几乎所有丑角都犯一种毛病，无缘无故地就跌一跤，或是故作口吃，观众就会觉得好玩。如今时代进步，但是喜剧方面仍然有特别地有才难之叹。

我事先提醒了自己，所以我感觉电视可以不必再观赏下去的时候，便轻轻地把它关掉。我不口出恶声，当然更不会有传说中的砸烂屏幕的那样蠢事。好来好散，不伤和气。

光是挑剔而不赞美是不公道的，电视也给了我不少的快乐。我喜欢看新闻，百闻不如一见。例如报载某地火山爆发，就不如在电视上看那山崩地裂岩浆泛滥的奇景。火烧大楼、连环车祸，种种触目惊心的景象，都由电视送到面前。许多名流新贵，我耳闻其名而未曾识荆，无从拜见其尊容，在电视上便可以（而且是经常不断的）瞻仰他的相貌，多半是“天庭饱满，地阁方圆”。警察捕获的盗贼罪犯，自然又是泰半是獐头鼠目的角色，见识一下也好（不过很奇怪，其中也有眉清目秀方面大耳的）。美国俚语，称上电视人员所使用的提词牌为“低能牌”，我不知道我们的一些上电视的公务人员在接受访问或发表谈话的时候，是否也使用“低能牌”，按说在他执掌范围之内的材料应该是滚瓜烂熟的，不至于低能到非照本宣科不可。如果使用低能牌，便会露出低能相。

新闻过后便是所谓黄金时段。惭愧得很，这也正是我准备就寝的时候。不过真正好的连续剧，不是虚晃一招的花拳绣腿的武打，而是比较有一点深度的弘扬人性的戏，也可以使我牺牲一两个小时的睡眠。即使里面有一点或很多说教的意味，我也能勉强忍耐。这样的好戏不常见。

我对于野兽生活的片子很感兴趣。野兽是我们人类的远亲，久不闻问了。它们这些支族繁殖不旺，有的且面临绝种。我逛动物园，每每想起我们“北京人”时代的环境与生活，真正地发思古之幽情。看电视所播的野兽生活，格外的惊心动魄。我并不向往非洲的大狩猎。于今之世我们不该再打猎了。地球面积够大，让它们也活下去吧。

我国的旧戏早就在走下坡路。我因为从小就爱看戏，至今不能忘情。种种不便，难得出去看一回戏，在电视上却有缘看到大约百出以上的戏，其中颇有几出是前所未见的。新编的戏我不太热心，我要看旧的戏，注意的是演员的唱与做。我发现了一位武生特别的功夫扎实气度不凡。我在楼上写作，菁清就会冲上楼来，拉起我就走，连呼：“快，快，你喜欢的《挑滑车》上映了！”我只好搁下笔和她一同欣赏电视上的《挑滑车》。电视前看戏，当然不及在舞台前，然而也差强人意了。

电视开始那一年就有有关烹饪示范的节目，我也一直要看这个节目。我不是想学手艺，因为我在这方面没有才能和野心，可是我看主持人的刀法实在利落，割鸡去骨悉中肯綮，操作程序有条不紊，衷心不但佩服而且喜悦。可惜播放时间屡次更动，我常失去观赏的机会。

运动节目也煞是好看。足球（不是橄榄球）、篮球、棒球的重要比赛，尤其是国际性的，我不肯轻易放过。前几年少棒队驰誉国际，半夜三更起来观看电视现场播映的观众，其中有一个是我。

画梅小记

余北人，从没有见过梅树，所谓“暗香疏影”“边边篱落”，全是些想象中的境界。过年前后，亲朋馈赠，尝有四盆红梅，或是蜡梅之类，移植在瓷盆里面，放在客厅里作为陈设，看它瘦曲似铁，又如鹭立空汀，冻萼数点，散缀其间，颇饶风趣。但是花谢之后便无可观，自己不善调护，弃置一年之后，即使幸而不死，也甚少生机，偶尔于近根处抽出一两枝气条，生出三五朵细僵的花苞，反觉败兴。所以对梅花并无多少好感。

后来我读了龚定庵的《病梅馆记》，乃大为感动。这篇古文使我了解什么叫作“自然之美”，什么叫作“自由”。我后来之所以对于“自由”发生强烈的爱慕，对于束缚“自由”的力量怀着甚深的憎恨，大半是受了此文之赐。但是附带着我对于梅花感到兴趣了。盆梅不足以餍我之望，病梅更是令人难过，我憧憬着的乃是庾岭、邓尉。我想看看“江边一树垂垂发”是什么样子。

我遨游江南、巴楚之后，有机会看见了梅兄的本色，有带苔藓的丑干老枝，有繁花如簇的香雪海，有的红如口脂，有的白若敷粉，有的是瘦骨嶙峋地斜欹着，有的是杈丫盘空如晴雪塞门，形形色色，各极其妍。但其最足令人妙赏处，乃在一“冷”字。凌厉风霜，不与百花争艳，自有一种孤高幽独的气息。

我不善画，但如《芥子园》之类童时亦曾披阅，“攒三”“聚四”之类亦曾依样葫芦。羁旅无聊，寒窗呵冻，辄为梅兄写真。水墨勾勒，不假丹青，只图抒写胸中逸气，根本淡不到工拙。金冬心《画梅题记》有云：

> 四月浴佛日清斋毕，在无忧林中，画此遣兴，胜与猫儿、狗子盘桓也。

“心出家庵僧”，实在朴直得可爱。我每次乘兴画梅，亦正做如此想耳。有一回，我效陆凯、范晔故事，画了一枝梅，题上“江南无所有，聊赠一枝春”之句寄赠友好，复信云：“如此梅花，吾家之犬，亦优为之！”是终不免与猫儿狗子为伍，为之大笑。

一张素纸，由我笔墨驰骤，我感到了“自由”。怎样把枝子画得扶疏掩映，怎样把疏密浓淡画得错落有致，怎样把花朵勾得向背得宜，当然是大费周章，但是在这过程中我意识到了“创造”的酸辛。有人说，画梅花要把那一股芬芳都要画出来，才算是尽了画梅的能事，这种说法可就不免玄虚了。华山一泉（注：实源）画墨梅题云：

一枝常占百花先，信手挥成淡更妍。

独有清香描不到，几回探在玉堂前。

要想描出梅花的清香，我觉得实在太难了。我只求能写出梅花的孤高，不要臃肿，不要俗艳，就算是不唐突梅花了。

时在严冬，大风凛冽，遥想江南梅树，不知着花也未？

辑二　闲居有风月，万物有性情

雨有雨的趣，晴有晴的妙，
小鸟跳跃啄食，猫狗饱食酣睡，
哪一样不令人看了觉得快乐？

与动物为友

我记得有人说过这样一句话:“我越认识的人多，我越爱我的狗。”这句话未免玩世不恭，真的人不如狗吗?

有时候，真的是人不如狗。今年3月28日，报纸上刊载一条新闻，标题是“土狗小黑，情深义重”，内容大致如下:“苗栗通宵有一位妇人病逝，她生前养的一条狗小黑，不但为她守灵九天，而且不吃任何食物，出殡那天还流着泪送女主人到墓地。”我看到这条新闻，我的泪也流下来了。想想看世上有多少忘恩负义的人!

养犬的故事，一向很多，至今不绝。猫不及狗之义，但也有感人的行径。我认识一个人，他家中养一只猫，因为生活环境不许可，决计把它抛弃，开汽车送它到远远的山区，把它弃置在荒郊。想不到一个多星期后它回到了家门，污脏瘠瘦，奄奄一息。主人从此收容它，再也不肯抛弃它。猫知道恋家。“狗不嫌家贫”，猫也不嫌。义犬灵猫的故事，足以感人，兼可讽世。究竟是少有的事，所以成为新闻。我们爱好小动物，豢养猫狗之类视为宠物，动机是单纯的，既非为利，亦非图报。只是看着活生生的小动物，心里油然而生一股怜爱，所以就收养它，为它尽心尽力，耗时耗财，而无所惜。付出一片爱便是收获，便是满足。

爱是纯洁而天真的，小孩子最纯洁天真，所以小孩子最爱小动物。我小时候，祖父母养两只哈巴狗，名为“乌云儿”，因为是浑身黑色。长毛矮脚，大眼塌鼻，除了睡便是欢蹦乱跳，“汪汪”地叫。但是两条狗经常关在上房，小孩子不能随便进入上房，所以我难得有亲近乌云儿的机会，有机会看见它们时我必定抚摸它们，引以为荣。可怜狗寿不永，我年稍长，狗已老死。我家里还有一只猴子，经常有铁链系着，夜晚放进笼子，入冬引入厨房。我喂它花生，投以水果，我喜欢看它的那副急切满足的吃相。过了几年，猴子也生病而亡。我怜悯它一生在缧绁之中没有行动的自由。

我长大以后，为了衣食奔走四方，自顾不暇，没有心情养小动物。直到我来到台湾之后生活才算安定，于是养鸡、养鱼、养鸟都一起来了。最近 10 年来开始养猫，都是菁清从户外抱进来的无主的小猫，先是白猫王子，随后是黑猫公主，最后是小花。若不是我叫停，可能还要继续增加猫口。这三只猫，个性不同，嗜好亦异。白猫厚重，小花粗野，黑猫刁钻。都爱吃沙丁，偶尔也爱吃烤鸭熏鸡，黑猫还要经常吃鸡肝。菁清一天至少要费三四个小时为它们刷洗清洁，无怨言，无倦色。有人问我们：“你们的猫如此宠贵，是哪一国的名种?”我告诉他：“和你我一样，都是土生土长的本国土种。”土种自有土种的尊严。

三只猫已经动支了菁清和我的供应能力到了极限，不可能再养狗或其他。因此，我在各处读到丘秀芷女士的文章，描写她养猫、养狗、养兔、养鸟的经验，我就非常钦佩她的爱心的广大，普及于那样多的小动物。最令我惊异的是她也养龟。她花200元买一只龟，和猫狗一起养，到时候会应呼叫而出来吃饭，到时候会听见水声而出来洗澡，她称之为“灵龟”，谁曰不宜？后来那只龟失踪了，她为之怅惘不已。人与宠物，皆是夙缘。缘有尽时，可为奈何！

现在丘秀芷女士的文章42篇集结成书，书名《我的动物朋友》，都是叙说她对她的小动物的爱，其中也有些篇是我所未曾读过的。一个人怀有这样多的爱，其文字之婉约流利，自不待言。书成，属序于余。忝有同好，逐赘数言于此以为介。

鸟

我爱鸟。

从前我常见提笼架鸟的人，清早在街上溜达（现在这样有闲的人少了）。我感觉兴味的不是那人的悠闲，却是那鸟的苦闷。胳膊上架着的鹰，有时头上蒙着一块皮子，羽翮不整地蜷伏着不动，哪里有半点瞵视昂藏的神气？笼子里的鸟更不用说，常年地关在栅栏里，饮啄倒是方便，冬天还有遮风的棉罩，十分“优待”，但是如果想要“抟扶摇而直上”，便要撞头碰壁。鸟到了这种地步，我想它的苦闷，大概是仅次于粘在胶纸上的苍蝇，它的快乐，大概是仅优于在标本室里住着吧？

我开始欣赏鸟，是在四川。黎明时，窗外是一片鸟啭，不是叽叽喳喳的麻雀，不是呱呱噪啼的乌鸦，那一片声音是清脆的，是嘹亮的，有的一声长叫，包括六七个音阶，有的只是一个声音，圆润而不觉其单调，有时是独奏，有时是合唱，简直是一派和谐的交响乐。不知有多少个春天的早晨，这样的鸟声把我从梦境唤起。等到旭日高升，市声鼎沸，鸟就沉默了，不知到哪里去了。一直等到夜晚，才又听到杜鹃叫，由远叫到近，由近叫到远，一声急似一声，竟是凄绝的哀乐。客夜闻此，说不出的酸楚！

在白昼，听不到鸟鸣，但是看得见鸟的形体。世界上的生物，没有比鸟更俊俏的。多少样不知名的小鸟，在枝头跳跃，有的曳着长长的尾巴，有的翘着尖尖的长喙，有的是胸襟上带着一块照眼的颜色，有的是飞起来的时候才闪露一下斑斓的花彩。几乎没有例外的，鸟的身躯都是玲珑饱满的，细瘦而不干瘪，丰腴而不臃肿，真是减一分则太瘦，增一分则太肥那样的秾纤合度，跳荡得那样轻灵，脚上像是有弹簧。看它高踞枝头，临风顾盼——好锐利的喜悦刺上我的心头。不知是什么东西惊动它了，它倏地振翅飞去，它不回顾，它不悲哀，它像虹似的一下就消逝了，它留下的是无限的迷惘。有时候稻田里伫立着一只白鹭，蜷着一条腿，缩着颈子，有时候“一行白鹭上青天”，背后还衬着黛青的山色和油绿的梯田。就是抓小鸡的鸢鹰，啾啾地叫着，在天空盘旋，也有令人喜悦的一种雄姿。

我爱鸟的声音，鸟的形体，这爱好是很单纯的，我对鸟并不存任何幻想。有人初闻杜鹃，兴奋得一夜不能睡，一时想到“杜宇”“望帝”，一时又想到啼血，想到客愁，觉得有无限诗意。我曾告诉他事实上全不是这样的。杜鹃原是很健壮的一种鸟，比一般的鸟魁梧得多，扁嘴大口，并不特别美，而且自己不知构巢，依仗体壮力大，硬把卵下在别个的巢里，如果巢里已有了够多的卵，便不客气地给挤落下去，孵育的责任由别个代负了，孵出来之后，羽毛渐丰，就可把巢据为己有，那人听了我的话之后，对于这豪横无情的鸟，再也不能幻出什么诗意出来了。我想济慈的《夜莺》，雪莱的《云雀》，还不都是诗人自我的幻想，与鸟何干？

鸟并不永久地给人喜悦，有时也给人悲苦。诗人哈代在一首诗里说，他在圣诞的前夕，炉里燃着熊熊的火，满室生春，桌上摆着丰盛的筵席，准备着过一个普天同庆的夜晚，蓦然看见在窗外一片美丽的雪景当中，有一只小鸟踏踏缩缩地在寒枝的梢头踞立，正在啄食一颗残余的僵冻的果儿，禁不住那料峭的寒风，栽倒在地上死了，滚成一个雪团！诗人感喟曰："鸟！你连这一个快乐的夜晚都不给我！"我也有过一次类似经验，在东北的一间双重玻璃窗的屋里，忽然看见枝头有一只麻雀，战栗地跳动抖擞着，在啄食一块干枯的叶子。但是我发现那麻雀的羽毛特别的长，而且是蓬松戟张着的，像是披着一件蓑衣，立刻使人联想到那垃圾堆上的大群褴褛而臃肿的人，那形容是一模一样的。那孤苦伶仃的麻雀，也就不暇令人哀了。

自从离开四川以后，不再容易看见那样多类型的鸟的跳荡，也不再容易听到那样悦耳的鸟鸣。只是清早遇到烟突冒烟的时候，一群麻雀挤在檐下的烟突旁边取暖，隔着窗纸有时还能看见伏在窗棂上的雀儿的映影。喜鹊不知逃到哪里去了。带哨子的鸽子也很少看见在天空打旋。黄昏时偶尔还听见寒鸦在古木上鼓噪，入夜也还能听见那像哭又像笑的鸱枭的怪叫。再令人触目的就是那些偶然一见的囚在笼里的小鸟儿了，但是我不忍看。

鹰的对话

山岩上，一只老鹰带着一群小鹰，喳喳地叫个不停。一位通鸟语的牧羊人恰好路经其地，听得老鹰是在教导小鹰如何猎食人肉。其谈话是一问一答，大略如下：

——我的孩子们，你们将不再那么需要我的指导了，因为你们已经看到我的实际表演，从农庄抓家禽，在小树丛中抓小野兔，牧场上抓小羔羊。但是你们应还记得那更可口的美味，我常以人肉供你们大嚼。

——人肉当然是最好吃的。你为什么不用你的爪子带回一个人到鹰巢里来呢？

——他的身体太大了。我们找到一个人的时候，只能撕下他一块肉，把骨头留在地上。

——人既如此之大，你又怎样杀死他的呢？你怕狼，你怕熊，你怎能有超过人的力量呢？人难道比一只羊还更可欺吗？

——我们没有人的力量，也没有人那样狡诈。我们难得吃一回人肉，如果大自然没有注定把人送给我们来享受。人具有凶猛的性格，比任何动物都凶猛。两族人往往遭遇，呼声震天，火焰弥空。你们听到声音火光起自地上，赶快飞向前去，因为人类一定是正在互相残杀；你们会看见地面上血流成渠尸横遍野，许多尸骸都是肢体不全，很便于我们食用。

——人把对方杀死，为什么不吃掉他呢？一匹狼杀死一只羊，它在饱啖羊肉以前不会准许兀鹰来触动它的。人不是另一种狼吗？

——人乃是唯一的一种动物，杀而不吃。这种特性使得他们成了我们的大恩人。

——人把人肉送到我们跟前，我们就不必费心力自己行猎了。

——人有时候很长久地安安静静地留在洞里。你们若是看到大堆人聚在一起，像一队鹳似的，你们就可以断定他们是要行猎了，你们不久即可大餐人肉。

——但是我想知道他们互相残杀，其故安在？

——这是我们不能解答的一个问题了。我曾请教过一只老鹰，它年年饱餐人的脏腑，它的见解是，人只是表面上过动物生活，实则只是能动的植物。人爱莫名其妙地互相厮杀，一直到僵挺不动让鹰来啄。或以为这些恶作剧的东西大概是有点什么计划，紧紧团结在一起的人之中，好像有一个在发号施令，又好像是格外地以大屠杀为乐。他凭什么能这样高高在上，我们不知道；他很少时候是最大的或跑得最快的一个，但是从他的热心与勤奋来看，他比别人对于兀鹰更为友善。

这当然是一段寓言。作者是谁，恐怕不是我们所容易猜到的。是古代的一位寓言作家吗？当然不是。在古代，战争是光荣事业，领导战争的是英雄。是18世纪讽刺文学大家斯威夫特吗？有一点像，但是斯威夫特的集子里没有这样的一篇。这段寓言的作者是我们所习知的约翰逊博士，是他所写的《闲谈》(The Idler)第二十二期。《闲谈》是《世界纪事》周刊上的一个专栏，第二十二期刊于一七五八年九月九日。《闲谈》共有一百零四篇，于一七六一年至一七六七年两度刊有合订本，但是这第二十二期都被删去了。为什么约翰逊要删去这一篇，我们不知道，这一篇讽刺的意味是很深刻的。

好斗是人类的本能之一，但是有组织的战争不能算是本能，那是有计划的有预谋的团体行动。兀鹰只知道吃人肉，不知道人类为什么要自相残杀。战争的起源是掠夺，掠夺食粮，掠夺土地，掠夺金钱，掠夺一切物资。所以战争不是光荣的事，是万物之灵的人类所做出的最蠢的事。除了抵抗侵略、抵抗强权、执干戈以卫社稷的不得已而推动的战争之外，一切战争都是该受诅咒的。大多数的人不愿意战争，只有那些思想和情绪不正常的邪恶的所谓领袖人物，才处心积虑地在一些好听的借口之下制造战争。约翰逊在合订本里删除了这一篇讽刺文章，也许是怕开罪于巨室吧？

猫的故事

猫很乖，喜欢偎傍着人；有时又爱蹭人的腿，闻人的脚。唯有冬尽春来的时候，猫叫春的声音颇不悦耳。呜呜地一声一声地吼，然后突然的哇咬之声大作，稀里哗啦的，铿天地而动神祇。这时候你休想安睡。所以有人不惜昏夜起床持大竹竿而追逐之。相传有一位和尚作过这样的一首诗："猫叫春来猫叫春，听他愈叫愈精神，老僧亦有猫儿意，不敢人前叫一声。"这位师父富同情心，想来不至于抡大竹竿子去赶猫。

我的家在北平的一个深巷里。有一天，冬夜荒寒，卖水萝卜的，卖硬面饽饽的，都过去了，除了值更的梆子遥远的响声可以说是万籁俱寂。这时候屋瓦上嗥的一声猫叫了起来，时而如怨如诉，时而如诟如詈，然后一阵跳踉，蹿到另外一间房上去了，往返跳跃，搅得一家不安。如是者数日。

北平的窗子是糊纸的，窗棂不宽不窄正好容一只猫儿出入，只消它用爪一划即可通往无阻。在春暖时节，有一夜，我在睡梦中好像听到小院书房的窗纸响，第二天发现窗棂上果然撕破了一个洞，显然的是有野猫钻了进去。大概是饿极了，进去捉老鼠。我把窗纸补好，不料第二天猫又来，仍从原处出入，这就使我有些不耐烦，一之已甚，岂可再乎？第三天又发生同样情形，而且把书桌、书架都弄得凌乱不堪，书桌上印了无数的梅花印，我按捺不住了。我家的厨师是一个足智多谋的人，除了调和鼎鼐之外还贯通不少的旁门左道，他因为厨房里的肉常常被猫拖拉到灶下，鱼常被猫叨着上了墙头，怀恨于心，于是殚智竭力，发明了一个简单而有效的捕猫方法。他用铁丝一根，在窗棂上猫经常出入之处钉一个铁钉，铁丝一端系牢在铁钉之上，另一端在铁丝上做一活扣，使铁丝作圆箍形，把圆箍伸缩到适度放在窗棂上，便诸事完备，静待活捉。猫蹿进屋的时候前腿伸入之后身躯势必触到铁丝圆箍，于是正好套在身上，活生生悬在半空，愈挣扎则圆箍愈紧。厨师看我为猫所苦无计可施，遂自告奋勇为我在书房窗上装置了这么一个机关。我对他起初并无信心，姑妄从之。但是当天夜里居然有了动静，早晨起来一看，一只瘦猫奄奄一息地赫然挂在那里！

厨师对于捉到的猫向来执法如山，不稍宽假，我看了猫的那副可怜相直为它缓颊。结果是从轻发落予以开释，但是厨师坚持不能不稍予膺惩，即在猫身上用原来的铁丝系上一只空罐头，开启街门放它一条生路。只见猫一溜烟似的稀里哗啦地拖着罐头绝尘而去，像是新婚夫妻的汽车之离教堂去度蜜月。跑得愈快，罐头响声愈大，猫受惊乃跑得更快，惊动了好几条野狗跟在后面追赶，黄尘滚滚，一瞬间出了巷口往北而去。它以后的遭遇如何我不知道，我心想它吃了这个苦头以后绝对不会再光顾我的书房。窗户纸重新糊好，我准备高枕而眠。

当天夜里，听见铁罐响，起初是在后院砖地上哗啷哗啷地响，随后像是有东西提着铁罐猱升跨院的枣树，终乃在我的屋瓦上作响。屋瓦是一垄一垄的，中有小沟，所以铁罐越过瓦垄的声音是咯噔咯噔的清晰可辨。我打了一个冷战：难道是那只猫的阴魂不散？它拖着铁罐子跑了一天，藏躲在什么地方，终于夤夜又复光临寒舍？我家究竟有什么东西值得它这样念念不忘？

咣当一声，铁罐坠地，显然是铁丝断了。几乎同时，噗的一声，猫顺着我窗前的丁香树也落了地。它低声地呻吟了一声，好像是初释重负后的一声叹息。随后我的书房窗纸又撕破了——历史重演。

这一回我下了决心，我如果再度把它活捉，要用重典，不是系一个铁罐就能了事。我先到书房里去查看现场，情况有一些异样，大书架接近顶棚最高的一格有几本书散落在地上。倾耳细听，书架上有呼噜呼噜的声音。怎么猫找到了这个地方来酣睡？我搬了高凳爬上去窥视，吓我一大跳，原来是那只瘦猫拥着四只小猫在喂奶！

四只小猫是黑白花的，咕咕容容地在猫的怀里乱挤，好像眼睛还没有睁开，显然是出生不久。在车船上遇到有妇人生产，照例被视为喜事，母子好像都可以享受好多的优待。我的书房里如今喜事候门，而且一胎四个，原来的一腔怒火消去了不少。天地之大德曰生，这道理本该普及于一切有情。猫为了它的四只小猫，不顾一切地冒着危险回来喂奶，伟大的母爱实在是无以复加！

猫的秘密被我发现，感觉安全受了威胁，一夜的工夫，它把四只小猫都叼离书房，不知运到什么地方去了。

一只野猫

流浪街头无人豢养的猫，叫作野猫。通常是瘦得皮包骨，一身渍泥，瞪着大眼嗥嗥地叫，见人就跑。英语称之为街猫，以别于家猫，似较为确切，因为野猫是另一种东西，本名 lynx，我们称之为山猫，大概也就是我们酒席上的果子狸。

稀脏邋遢的孩子，在街上鬼混，我们称之为野孩子。其实他和良家子弟属于同一品种，不是蛮荒的野人的孑遗，只是缺乏教养失去了家庭温暖的可怜的孩子。猫也是一样。踯躅街头嗷嗷待哺的猫，我也似乎不该叫它为野猫，只因一时想不起较合适的名称，暂时委屈它一下称之为野猫吧。

一般的野猫，其实是驯顺的，而且很胆怯。在垃圾堆旁的野猫都是贼日鼠眼的，一面寻食，一面怕狗，更怕那些比狗更凶的人。我们在街上看见几只野猫，怜其孤苦伶仃，顶多付诸一叹，焉能广为庇护使尽得其所？但是如果一只野猫不时地在你家大门外出现，时常跟着你走，有时候到了夜晚蹲在你的门前守候着你，等你走近便叫一声“咪噢”，而你听起来好像是叫一声“妈”……恐怕你就不能不心动一下，恻隐之心，人皆有之。

菁清最近遇到了这样的一只野猫。白毛，大块的黑斑，耳朵是黑的，尾巴是黑的，背上疏疏落落地有三五大块黑，显着粗豪，但不难看，很脏，但是很胖，也许本是家猫而被遗弃的，也许它善于保养而猎食有道。它跟了菁清几天，她不能恝置不理了，俯下身去摸摸它，哇，毛一缕缕地黏结在一起，刚鬣鬅鬙，大概是好久不曾梳洗。

“我们把它抱到家里来吧?”菁清说。

我断然说:“不可。”

我们家已经有白猫王子和黑猫公主，一雌一雄，其饮食起居以及医药卫生之所需，已经使我们两个忙得团团转，如果善门大开，寒家之内势将喧宾夺主。菁清听了没说什么，拿一钵鱼一盂水送到门口处，就像是在路边给过往行人“奉茶”的那个样子。

如是者数日，野猫每日准时到达门口领食，更难得的是施主每日准时放置饮食于固定之处待领。有时吆喝一声，它不知从哪里蹿了出来，欣然领受这份嗟来之食。

有好几天不见猫来。心想不妙，必是遭遇了什么意外。果然，它再度出现时，尾巴中间一截血淋淋的毛皮尽脱，露出一段细细的似断未断的骨头。它有气无力地叫。我猜想也许是被哪一家的弹簧门夹住了尾巴。菁清说一定是狗咬的。本来尾巴没有用，老早就该进化淘汰掉的，留着总是要惹麻烦。菁清说："以后叫它上楼到我们房门口来吃吧。"我看着它的血丝糊拉的尾巴，也只好点点头。从此，这只猫更上一层楼，到了我们的房门口。不过我有话在先，我在这里画最后一道线，不能再越雷池一步，登堂入室是绝不可以的。菁清说："这只猫，总得有个名字，就叫它'小花子'吧。"怜其境遇如乞食的小叫花子，同时它又是一身黑白花。

小花子到房门口，身份好像升了一级。尾巴的伤养好了，猫有九条命，些许皮肉之伤算不了什么。菁清给它梳洗了一番，立刻容光焕发。看它直咳嗽，又喂了它几颗保济丸。它好想走进我们的房间，有时候伸一只爪子隔在门缝里，不让我们关门，我心里好惭悚，为什么这样自私，不肯再多给它一点温暖！菁清拿出一条棉絮放在门外，小花子吃饱之后，照例洗洗脸，便蜷着身子在棉絮上面睡了。小花子仅仅免于冻馁而已。它晚间来到门口膳宿，白天就不知道云游何处了。

白猫王子听得门外有同类的呼声，起初是兴奋，观察许久，发出呼噜的吼声，小花子吓得倒退。对于这不速之客，白猫王子好像不表示欢迎。一门之隔，幸与不幸，判如霄壤。一个是食鲜眠锦，一个是踵门乞食。世间没有平等可言！

猫话

《诗·大雅·韩奕》:“孔乐韩土。川泽讦讦，鲂鲊甫甫，麀鹿噳噳，有熊有罴，有猫有虎。”这是说韩城一地物产富饶，是好地方。原来猫也算是值得一提的动物，古时的猫是有实用价值的。《礼·郊特牲》:“迎猫，为其食田鼠也。”捉老鼠，一直是猫的特职。一般人家里也常有鼠患，棚顶墙根都能咬个大窟窿，半夜里到厨房餐室大嚼，偷油喝，啃蜡烛，再不就是地板上滚胡桃，甚至风雅起来也偶尔啮书卷，实在防不胜防，恼火之至。《黄山谷外集》卷七有一首《乞猫》，诗曰：

> 秋来鼠辈欺猫死，窥瓮翻盘搅夜眠。
> 闻道狸奴将数子，买鱼穿柳聘衔蝉。

这首诗是说家里的老猫死了，老鼠横行。随主簿家里的猫，听说要产小猫了，请求分赠一只，已准备买鱼静待小猫光临。衔蝉，俗语，猫名也。这首诗不算是山谷集中佳构，但是《后山诗话》却很推崇，“乞猫诗，虽滑稽而可喜，千岁之下，读之如新”。到底山谷乞得猫了没有，不得而知。不过山谷又有一首《谢周文之送猫儿》，诗云：

养得狸奴立战功，将军细柳有家风。
一箪未厌鱼餐薄，四壁当令鼠穴空。

周家的猫不愧周亚夫细柳营的大将之风，大概是很善捕鼠。

鼠辈跳梁，靠猫来降伏，究竟是落后社会的现象。猫和人建立了关系，人猫之间自然也会产生感情。梅圣俞有一首《祭猫诗》，颇有情致：

自有五白猫，鼠不侵我书。
今朝五白死，祭与饭与鱼。
送之于中河，咒尔非尔疏。
昔尔啮一鼠，衔鸣绕庭除。
欲使众鼠惊，意将清我庐。
一从登舟来，舟中同屋居。
糗粮虽甚薄，免食漏窃余。
此实尔有勤，有勤胜鸡猪。

世人重驱驾，谓不如马驴。

已矣莫复论，为尔聊欷歔。

这首诗还是着重猫的实用价值，不过忘形到尔汝，已经写出了对猫的一份情。宋·钱希白《南部新书》：“连山张大夫抟，好养猫，众色备有，皆自制佳名。每视事退，至中门，则数十头曳尾延颈接入。以绿纱为帏，聚其内，以为戏。或谓抟是猫精。”说来好像是奇谈，我相信其事大概不假。杨文璞先生对我说，他在纽哲塞住的时候，养猫一度多到三十几只，人处屋内如在猫笼。杨先生到舍下来，菁清称他为“猫王”。猫王一见我们的白猫王子，行亲鼻礼，白猫王子在他跟前服服帖帖，如旧相识。

一般说来，猫很可爱。如果给以适当的卫生设备，它不到处拆烂污，比狗强，也有时比某一些人强。我们的白猫王子，从小经过菁清的训练，如厕的时候四爪抓住缸沿，昂首蹲坐，那神情可以入画。可惜画工只爱画猫蝶图、正午牡丹之类。猫喜欢磨它的趾甲，抓丝袜、抓沙发、抓被褥。菁清的办法是不时地给它剪趾甲，剪过之后还替它挫。到处给它铺小块的粗地毯，它睡起之后躬躬身就在小地毯上抓磨它的趾甲了。猫馋，可是它吃饱之后任何鱼腥美味它都不屑一顾，更不用说偷嘴。它吃饱之后不偷嘴，似乎也比某一些吃饱之后仍然要偷的人高明得多。

猫不会说话，似是一大缺陷。它顶多是喵喵叫两声，很难分辨其中的含义。可是菁清好像是略通猫语，据说那喵喵声有时是表示饥饿，有时是要人去清理它的卫生设备，有时是期望有人陪它玩耍。白猫王子玩绳、玩球、玩捉迷藏，现在又添了新花样，玩“捕风捉影”。灯下把撑衣架一晃，影子映在墙上，它就狼奔豕突地扑捉影子！有些人不是也很喜欢捕风捉影地谈论人家的短长吗？宋·彭乘《续墨客挥犀》：“鄱阳龚氏，其家众妖竞作，乃召女巫徐娆者，使治之。时尚寒，有一猫正伏炉侧，家人指谓娆曰：‘吾家百物皆为异，不为异者独此猫耳。’于是猫亦人立，拱手而言曰：‘不敢。’娆大骇，走去。”我真盼望我们的白猫王子有一天也能人立拱手而言。西谚有云：“佳酿能使猫言。”莎士比亚《暴风雨》曾引用其意，想是夸大其词。猫不能言，犹之乎“猫有九条命”一样地不足信，命只有一条。

人之好恶不同，各如其面。尽管有人爱猫爱得发狂，抚摩它、抱它、吻它，但是仍有人不喜欢猫。莎士比亚《威尼斯商人》就说“有些人见猫就要发狂”。不是爱得发狂，是厌恶得发狂。我起初还不大了解。后来有一位朋友要来看我，预先风闻我家有白猫王子，就特别先打电话要我把猫关起。我想这也许是一种过敏反应。《挥麈新谈》曾记猫有五德之说：“猫见鼠不捕，仁也。鼠夺其食而让之，义也。客至设馔则出，礼也。藏物虽密能窃食之，智也。每冬月辄入灶，信也。”这是鸡有五德之说的翻版，像这样的一只猫未必可爱。猫有许多可人意处，猫喜欢偎在人身边，有时且枕着你的臂腿呼呼大睡，此时不可误会，其实猫怕冷怕寂寞。有时你在寒窗之下伏案作书，猫能蹲踞案头，缩在桌灯罩下呼噜呼噜地响上个把钟头，此时亦不可误会，猫只是在享受灯光下散发出来的热气。如加呵斥，它会抑郁很久；如施夏楚，它会沮丧半天。猫有令人难以理解的嗜好，它喜欢到处去闻，不一定是寻求猎物，客来它会闻人的脚闻人的鞋，好像那里有什么异香。最令人嫌恶的是春天来到的时候猫在房檐上怪声怪气地叫嗥，东一声叫，西一声应，然后是稀里哗啦地一阵乱叫乱跑。鲁迅先生在一篇文字里说他最厌听猫叫，他被吵醒便拿起大竹竿去驱逐。猫叫春是天性，驱得了吗？

有义犬、义马救主之说，没听说过义猫。猫长得肥肥胖胖，刷洗得干干净净，吃饱了睡，睡醒了吃，主人看着欢喜，也就罢了，谁还稀罕一只猫对你有什么报酬？在英文里 feline（猫）一字带有阴险狡诈之义，我想这也许有一点冤枉。有人养猫，猫多为患，送一只给人家去，不久就返回老家。主人无奈，用汽车载送到郊外山上放生，没过几天，猫居然又回来了。回来时瘦骨嶙峋，一身污泥。主人大受感动，不再遗弃它，养它到老。猫也识得家，不必只是狐正首丘。

英国诗人中，18 世纪的斯玛特（Smart）最爱猫，我曾为文介绍，兹不赘。另外一位诗人托马斯·格雷有一首有名的小诗，写一只猫之溺死于金鱼缸内。那只缸必是一只相当大的缸，否则不至于把猫淹死。可惜那时候没有司马光一类的人在旁营救。那只猫不是格雷的，是他朋友何瑞斯·窝波耳的，所以他写来轻松，亦谐亦讽而不带感情。

诗曰：

一只爱猫之死
是在一只大瓷缸旁边，
上有中国彩笔绘染，
盛开着的蓝花；
赛狸玛那只最乖的斑猫，
在缸边若有所思地斜靠，
注视下面的水洼。

她摇动尾巴表示欢喜；
圆脸庞，雪白的胡须，
丝绒般的足掌，
龟背纹似的毛衣一件，
黑玉的耳朵，翡翠的眼，
她都看到；呜呜地赞赏。

她不停地注视；水波之间
泳过两个形体美似天仙，
是巡游的女神在水里：
她们的鳞甲用上好颜料漆过
看来是红得发紫的颜色，

在水里闪出金光一缕。

不幸的女神惊奇地看到：
先是一绺胡须，随后是爪，
她几度有动于衷，
她想去抓却抓不到。
哪个女人见了金子不想要？
哪个猫儿不爱鱼腥？

妄想的小姐！她再度地
弓着腰，再度地抓去，
不知距离有多远。
（命运之神在一边坐着笑她。）
她的脚在缸沿上一滑，
她一头栽进了缸里面。
她把头八次探出水面，
咪咪地向各路水神呼唤，
迅速地前来搭救。
海豚不来，海神不管，
仆人、丫鬟都没有听见，
爱猫没有朋友！

此后，美人儿们，莫再受骗，
一失足便是永远的遗憾。
要大胆，也要小心。
引你目眩心惊的五光十色
不全是你们分所应得；
闪闪发亮光的不全是金！

白猫王子五岁

五年前的一个夜晚，菁清从门外檐下抱进一只小白猫，时蒙雨凄其，春寒尚厉。猫进到屋里，仓皇四顾，我们先飨以一盘牛奶，它舔而食之。我们揩干了它身上的雨水，它便呼呼地倒头大睡。此后它渐渐肥胖起来，菁清又不时把它刷洗得白白净净，戏称之为白猫王子。

它究竟生在哪一天，没人知道，我们姑且以它来我家的那一天定为它的生日（三月三十日），今天它五岁整，普通猫的寿命据说是十五六岁，人的寿命则七十就是古稀之年了，现在大概平均七十。所以猫的一岁在比例上可折合人的五岁。白猫王子五岁相当于人的二十五岁，正是青春旺盛的时候。

凡是我们所喜欢的对象，我们总会觉得它美。白猫王子并不一定是怎样的肥美丰姿，可是它眉清目秀，蓝眼睛、红鼻头、须眉修长，而又有一副楚楚可怜的样子。腰臀一部分特别硕大，和头部不成比例，腹部垂腴，走起来摇摇摆摆，有人认为其状不雅，我们不以为嫌。去年七月二十日报载，“二十四日在美国佛罗里达州巴马布耳所举行的一九八一年‘全美迷人小猫竞赛’中，一只名叫邦妮贝尔的小猫得了首奖。可是它虽然顶着后冠，却不见得很高兴。”高兴的不是猫，是猫的主人。我们不会教白猫王子参加任何竞赛，它已经有了王子的封号，还急着需要什么皇冠？它就是我们的邦妮贝尔。

刘克庄有一首《诘猫诗》，有句云：

饭有溪鱼眠有毯，忍教鼠啮案头书？

我们从来没有要求过猫做什么事。它吃的不只是溪鱼，睡的也不只是毛毯，我们的住处没有鼠，它无用武之地，顶多偶然见了蟑螂而惊叫追逐，菁清说这是它对我们的服务。我们吃饭的时候它常蹲在餐桌上，虎视眈眈，但是它不伸爪，顶多走近盘边闻闻。喂它几块鱼虾鸡鸭之类，它浅尝辄止，从不偷嘴。它吃饱了，抹抹脸就睡，弯着腰睡，趴着睡，仰着睡，有时候爬到我们床上枕着我们的臂腿睡。它有二十六七磅重，压得人腿脚酸麻，我们外出，先把它安顿好，鱼一钵，水一盂，有时候给它盖一床被，或是搭一个篷。等我们回来，门锁一响，它已蹿到门口相迎。这样，它便已给了我们很大的满足。

“花如解语还多事，石不能言最可人。”猫相当的解语，我们喊它一声“猫咪！”“胖胖！”它就喵的一声。我耳聋，听不见它那细声细气的一声喵，但是我看见它一张嘴，腹部一起落，知道它是回答我们的招呼。它不会说话，但是菁清好像略通猫语，她能辨出猫的几种不同的鸣声。例如：它饿了，它要人给它开门，它要人给它打扫卫生设备，它因寂寞而感到烦躁，都有不同的声音发出来。无论有什么体己话，说给它听，或是被它听见，它能珍藏秘密不泄露出去。不过若是以恶声叱责它，它是有反应的，它不回嘴，它转过身去趴下，做无奈状。

有人不喜欢猫。我的一位朋友远道来访，先打电话来说：“听说府上有猫，请先把它藏起来，我怕猫。”真的，有人一见了猫就会昏倒。有人见了老鼠也会昏倒，何况猫？据《民生报》七十一年四月二十三日一篇文章报道，法国国王亨利三世一见到猫就会昏倒。法国国王查理九世时的大诗人龙沙有这样的诗句：

> 当今世上
> 谁也没我那么厌恶猫
> 我厌恶猫的眼睛、脑袋，还有凝视的模样
> 一看见猫，我掉头就跑

人之好恶本不相同。我不否认猫有一些短处，诸如倔强、自尊、自私、缺乏忠诚等。不过，猫，和人一样，总不免有一点脾气，一点自私，不必计较了。家里有装潢、有陈设、有家具、有

花草，再有一只与虎同科的小动物点缀其间来接受你的爱抚，不是很好吗？

菁清对于苦难中小动物的怜悯心是无止境的，同时又觉得白猫王子太孤单，于是去年又抱进来一个小黑猫。这个“黑猫公主”性格不同，活泼善斗、体态轻盈、白须黄眼，像是平剧中的“开口跳”。两只猫在一起就要斗，追逐无已时。不得已我们把黑猫关在笼子里，或是关在一间屋里，实行黑白隔离政策。可是黑猫隔着笼子还要伸出爪子撩惹白猫，白猫也常从门缝去逗黑猫。相见争如不见，无情还似有情。我想有一天我们会逐渐解除这个隔离政策的。

白猫倏已五岁，我们缘分不浅，同时我亦不免兴起春光易老之感。多少诗人词人唤取春留驻，而春不肯留！我们只好“片时欢乐且相亲”，愿我的猫长久享受它的鱼餐锦被，吃饱了就睡，睡足了就吃。

民国七十二年三月三十日

白猫王子六岁

今年三月三十日是白猫王子六岁生日。要是小孩子，六岁该上学了。有人说猫的年龄，一年相当于人的五年，那么它今年该是三十而立了。

菁清和我，分工合作，把它养得这么大，真不容易。我负责买鱼，不时地从市场背回十斤八斤重的鱼，储在冰柜里；然后是每日煮鱼，要少吃多餐，要每餐温热合度，有时候一汤一鱼，有时候一汤两鱼，鲜鱼之外加罐头鱼；煮鱼之后要除刺，这是遵兽医辜泰堂先生之嘱！小刺若是鲠在猫喉咙里开刀很麻烦。除了鱼之外还要找地方拔些青草给它吃，“人无横财不富，马无野草不肥”，猫儿亦然。菁清负责猫的清洁，包括擦粉洗毛，剪指甲，掏耳朵，最重要的是随时打扫它的粪便，这份工作不轻。六年下来，猫长得肥肥胖胖，大腹便便，走路摇摇晃晃，蹲坐的时候昂然不动，有客见之叹曰：

“简直像是一位董事长!”

猫和人一样，有个性。白猫王子不是属于“招之即来，挥之即去”的那个类型。它好像有它的尊严。有时候我喊它过来，它看我一眼，等我喊过三数声之后才肯慢慢地踱过来，并不一跃而登膝头，而是卧在我身边伸手可抚摩到的地方。如果再加催促，它也有时移动身体更靠近我。大多时它是不理会我的呼唤的。它卧如弓，坐如钟，自得其乐，旁若无人。至少是和人保持距离。

它也有时自动来找我，那是它饿了。它似乎知道我耳聋，听不见它的“咪噢”叫，就用它的头在我脚上摩擦。接连摩擦之下，我就要给它开饭。如果我睡着了，它会跳上床来拱我三下。猫有吃相，从不吃得杯盘狼藉，总是顺着一边吃去，每餐必定剩下一小撮，过一阵再来吃干净。每日不止三餐，餐后必定举行那有名的“猫儿洗脸”，洗脸未完毕，它不会走开，可是洗完之后它便要呼呼大睡了。这一睡可能四五个小时甚至七八九个小时，并不一定只是“打个盹儿”（cat nap）。我看它睡得那么安详舒适的样子，从不忍心惊动它。吃了睡，睡了吃，这生活岂不太单调？可是我想起王阳明答人问道诗：“饥来吃饭倦来眠，唯此修行玄又玄。说与世人浑不信，偏向身外觅神仙”，猫儿似乎修行得相当到家了。几个人能像猫似的心无牵挂，吃时吃，睡时睡，而无闲事挂心头？

猫对我的需求有限，不过要食有鱼而已。英国 18 世纪的约翰逊博士，家里除了供养几位寒士一位盲人之外，还有一只他所宠爱的猫，他不时地到街上买牡蛎喂它。看着猫（或其他动物）吃它所爱吃的东西，是一乐也，并不希冀报酬。犬守门，鸡司晨，猫能干什么？捕鼠吗？我家里没有鼠。猫有时跳到我的书桌上，在我的稿纸上趴着睡着了，或是蹲在桌灯下面借着灯泡散发的热气而呼噜呼噜地假寐，这时节我没有误会，我不认为它是有意的来破我寂寥。是它寂寞，要我来陪它，不是看我寂寞而它来陪我。猫儿寿命有限，老人余日无多。"片时欢乐且相亲。"今逢其六岁生日，不可不纪。

民国七十三年三月三十日

白猫王子七岁

白猫王子大概是已到中年。人到中年发福，脖梗子后面往往隆起几条肉，形成几道沟，尤其是那些饱食终日的高官巨贾。白猫的脖子上也隐隐然有了两三道肉沟的痕迹。它腹上的长毛脱落了，原以为是季节性的，秋后会复生，谁知道寒来暑往又过了一年，腹上仍是光秃秃的，只有一层茸毛。它的眉头深锁，上面有直竖的皱纹三数条，抹也抹不平，难道是有什么心事不成？

它比从前懒了。从前一根绳子，一个线团，可以逗它狼奔豕突，可以引它鼠步蛇行，可以诱它翻筋斗竖蜻蜓，玩好大半天，直到它疲劳而后止。抛一个乒乓球给它，它会抱着球翻滚，它会和你对打一阵，非球滚到沙发底下去不肯罢休。菁清还喜欢和它玩捕风捉影的游戏，她拿起一个衣架之类的东西，在灯光下摇晃，墙上便显出一个活动的影子，这时候白猫便蹿向墙边，跳起好几尺高，去捕捉那个影子。

如今情况不同了。绳子线团不复引起它的兴趣。乒乓球还是喜欢，但是要它跑几步路去捡球，它就觉得犯不着，必须把球送到它的跟前，它才肯举爪一击，就好像打高尔夫的大人先生们之必须携带球童或是乘坐小型机车才肯于一切安排妥帖之后挥棒一击。捕风捉影的事它不再屑为。《山海经》："夸父不量力，欲追日影。"白猫未必比夸父聪明，其实是它懒。

哪有猫儿不爱腥的？锅里的鱼刚煮熟，揭开锅盖，鱼香四溢，白猫会从楼上直奔而来，但是它蹲在一旁，并不流涎三尺，也不凑上前来做出迫不及待的样子。它静静地等着我摘刺去骨，一汤一鱼，不冷不热，送到它的嘴边，然后它慢条斯理地进餐。它有吃相，它从盘中近处吃起，徐徐蚕食，它不挑挑拣拣。它吃完鱼，喝汤；喝完汤，洗脸；洗完脸，倒头大睡。它只要吃鱼，沙丁鱼、鲢鱼，天天吃也不腻。有时候胃口不好也流露一些"日食万钱，无下箸处"的神情，闻一闻就望望然去之，这时候对付它的方法就是饿它一天。菁清不忍，往往给它开个罐头番茄汁鲣鱼之类，让它换换口味。

白猫王子不是可以呼之即来挥之即去的。它高兴的时候偎在人的身边卧着，接受人的抚摩，它不高兴的时候任你千呼万唤它也相应不理。你把它抱过来，它也会纵身而去。菁清说它骄傲。我想至少是倔强。猫的性格，各有不同。有人说猫性狡诈，我没有发现白猫有这样的短处。唐朝武后朝中有一个权臣小人李义府（《旧唐书·列传》第三十二），"貌状温恭，与人语必嬉怡微笑，而褊忌阴贼。既处权要，欲人附己，微忤意者，辄加倾陷。故时人言义府笑中有刀。又以其柔而害物，亦谓之李猫。”李猫这个绰号似乎不恰。白猫王子柔则有之，但丝毫没有害物的意思。它根本不笑，自然不会笑中有刀，它的掌中藏着利爪，那是它自卫的武器。它时常伸出利爪在沙发上抓挠，把沙发抓得稀烂，我们应该在沙发上钉一块皮子什么的，让它抓。

猫愿有固定的酣睡静卧的所在，有时候它喜欢居高临下的地方，能爬多高就爬多高；有时候又喜欢窝藏在什么旮旯儿里，令人找都找不到。它喜欢孤独。能不打扰它最好不要打扰它，让它享受那份孤独。有时候它又好像不甘寂寞，我正在伏案爬格，它会嗖的一下子蹿上书桌，不偏不倚地趴在我的稿纸上，我只好暂停工作。我随后想到两全的办法，在书桌上给它设备一分铺垫，它居然了解我的用意。从此我可以一面拍抚着它，一面写我的稿。我知道，它不是有意来陪伴我，它是要我陪伴它。有时候我一站起身，走到书架去取书，它立刻就从桌上跳下占据我的座椅，安然睡去。它可以在我椅上睡六七个小时，我由它高卧。

猫最需要的伴侣是猫。黑猫公主的性格很泼辣刁钻，所以一向不是关在楼上寝室便是关在笼子里，黑白隔离。后来渐渐弛禁，两个猫也可以放在一起了，追逐翻滚一阵之后也能并排而卧相安无事。小花进门之后，我们怕它和白猫不能相容，也隔离了很久，现在这两只猫也能在一起共存，不争座位，不抢饭碗。

三月三十日是白猫王子七岁的生日，菁清给它预备了一份礼物——市场买菜用的车子，打算在天气晴朗惠风和畅的时候把它放在车里推着它在街上走走。这样，它总算是于“食有鱼”之外还“出有车”了。

黑猫公主

白猫王子今年四岁，胖嘟嘟的，体重在十斤以上，我抱它上下楼两臂觉得很吃力，它吃饱伸直了躯体侧卧在地板上足足两尺开外（尾巴不在内）。没想到四年的工夫它有这样长足的进展。高信疆、柯元馨伉俪来，说它不像是猫，简直是一头小豹子。按照猫的寿命年龄，四岁相当于我们人类弱冠之年，也许不会再长多少了吧。

白猫王子饱食终日，吃饱了洗脸，洗完脸倒头大睡。家里没有老鼠可抓，它无用武之地。凭它的嗅觉，它不放过一只蟑螂，见了蟑螂它就紧迫追踪，又想抓又害怕，等到菁清举起苍蝇拍子打蟑螂时，它又怕殃及池鱼藏到一个角落里去了。我们晚间外出应酬，先把它的晚餐备好，鲜鱼一钵，清汤一盂，然后给它盖上一床被毯，或是给它搭一个蒙古包似的帐篷。等我们回家的时候，它依然蜷卧原处。它的那床被毯颇适合它的身材。菁清在一个专卖儿童用物的货柜上选购那被毯的时候，精挑细选，不是嫌大就是嫌小，店员不耐烦地问："几岁了？"菁清说："三岁多。"店员说："不对，不对，三岁这个太小了。"菁清说："是猫。"店员愣住了，她没卖过猫被。陆放翁《赠粉鼻诗》有句："问渠何似朱门里，日饱鱼餐睡锦茵。"寒舍不比朱门，但是鱼餐锦茵却是具备了。

白猫王子足不出户，但在江湖上已薄有小名。修漏的工人、油漆的工人、送货的工人，看见猫蹲在门口，时常指着它问："是白猫王子吧？"我说是，他就仔细端详一番，夸奖几句，猫并不理会，大摇大摆而去。猫若是人，应该说声谢谢。这只猫没有闲事挂心头，应该算是幸福的，只是没有同类的伴侣，形单影只，怕不免寂寞之感。菁清有一晚买来一只泰国猫，一身棕色毛，小脸乌黑，跳跳蹦蹦十分活跃，菁清唤她作"小太妹"。白猫王子也许是以为非我族类其心必异，相处似不投机，双方都常呜呜地吼，作蓄势待发状。虽然是两个恰恰好，双份的供养还是使人不胜负荷。我取得菁清同意，决计把"小太妹"举以赠人。陈秀英的女儿乐滢爱猫如命，遂给她带走了。白猫王子一直是孤家寡人一个。

有一天我们居住的大厦门前有两只小猫光临，一白一黑，盘旋不去，瘦骨嶙峋，蓬首垢面，不知是谁家的遗弃。夜寒风峭，十分可怜。菁清又动了恻隐之心。"我们给抱上来吧？"我说不，家里多两只猫，将要喧宾夺主。菁清一声不响端着白猫王子吃剩的鱼加上一点米饭送到楼下去了。两只猫如饿虎扑食，一霎间风卷残雪，她顾而乐之。于是由一天送鱼一次，而二次，而三次，而且抽暇给两只猫用干粉洁身。我不由自主地也参加了送猫饭的行列。人住十二层楼上，猫在道边门口，势难长久。其中黑的一只，两只大蓝眼睛，白胡须，两排白牙，特别讨人欢喜。好不容易我们给黑猫找到了可以信赖的归宿。我们认识的廖先生，他和他一家人都爱猫，于是菁清把黑猫装在提笼里交由廖先生携去。事后菁清打了两次电话，知道黑猫情况良好，也就放心了。只剩下一只白猫独自卧在门口。看样子它很忧郁，突然失去伴侣当然寂寞。

事有凑巧，不知从哪里又来了一只小黑猫。这只小黑猫大概出生有六个月，看牙齿就可以知道。除了浑身漆黑之外，四爪雪白，胸前还有一块白斑，据说这种猫名为“踏雪寻梅”，还蛮有名堂的。又有人说，本地有些人认为黑猫不吉利。在外国倒是有此一说，以为黑猫越途，不吉。埃德加·爱伦·坡有一篇恐怖小说，题名就是《黑猫》，这篇小说我没读过，不知黑猫在里面扮的是什么角色。无论如何白猫又有了伴侣，我们楼上楼下一天三次照旧喂两只猫，如是者约两个星期。

有一夜晚，菁清面色凝重地对我说：“楼下出事了！”我问何事惊慌，她说据告白猫被汽车压死了。生死事大，命在须臾，一切有情莫不如此，但是这只白猫刚刚吃饱几天，刚刚洗过一两次，刚刚失去一黑猫又得到一黑猫为伴，却没来由地粉身碎骨死在车轮之下！我半晌无语，喉头好像有梗结的感觉。缘尽于此，没有说的。菁清又徐徐地说：“事已至此，我别无选择，把小猫抱上来了。”好像是若不立刻抱上来，也会被车辗死。在这情形之下，我也不能反对了。

“猫在哪里?”

“在我的浴室里。”

我走进去一看，黑暗的角落里两只黄色的亮晶晶的眼睛在闪亮，再走近看，白须、白下巴颏儿、白爪子，都显露出来了。先喂一钵鱼，给它压压惊。我们决定暂时把它关在一间浴室里，驯服它的野性，择吉再令它和白猫王子见面。菁清问我:“给它起个什么名字呢?”我想不出。她说:“就叫黑猫公主吧。”

黑猫公主的个性相当泼辣，也相当灵活，头一天夜晚它就钻到藏化妆品的小柜橱里。凡是有柜门的地方它都不放过。我说这样淘气可不行，家里瓶瓶罐罐的东西不少，哪禁得起它横冲直撞?菁清就说:“你忘了?白猫王子初来我们家不也是这样吗?”她的意思是，慢慢管教，树大自直。要使这黑猫长久居留，菁清有进一步的措施，给公主做体格检查。兽医辜泰堂先生业务极忙，难得有空出来门诊，可是他竟然肯来。在他检查之下，证明黑猫公主一切正常，临行前给它打了两针预防霍乱之类的药剂。事情发展到此，黑猫公主的户籍就算暂时确定了。它与白猫王子以后是否能够相处得如鱼得水，且待查看再说。

小花

小花子本是野猫，经菁清留养在房门口处，起先是供给一点食物一点水，后来给它一只大纸箱作为它的窝，放在楼梯拐角处，终乃给它买了一只孩子用的鹅绒被袋作为铺垫，而且给它设了一个沙盆逐日换除洒扫。从此小花子就在我们门前定居，不再到处晃荡，活像《鸿鸾禧》里的叫花子，喝完豆汁儿之后甩甩袖子连呼："我是不走的了啊，我是不走的了啊！"

彼此相安，没有多久。

有一天我回家看见菁清抱着小花子在房间里踱来踱去，我惊问："它怎么登堂入室了？"我们本来约定不许它越雷池一步的。

"外面风大，冷，你不是说过猫怕冷吗？"

我是说过，猫是怕冷。结果让它在室内暖和了一阵，仍然送到户外。看着它在寒风里缩成一团偎在纸箱里，我心里也有些不忍。

再过些时，有一天小花子不见了，整天都没回来就食，不知它云游何处去了。一天两天过去，杳无消息。它虽是野猫，我们对它不只有一饭之恩，当然甚是牵挂。每天打开门看看，猫去箱空，辄为黯然。

忽然有一天它回来了。浑身泥污，而且沾有血迹。它的嘴里挂着血淋淋的一块肉似的东西，像是碎裂的牙肉。菁清赶快把它抱起，洗刷一下，在身上有血迹处涂了紫药水，发现它的两颗虎牙没有了，满嘴是血。我们不知它遭遇了什么灾难，落得如此狼狈。菁清取出一个竹笼，把它装了进去，骑车直奔国际猫狗专科病院辜仲良（泰堂）先生处。辜大夫说，它的牙被人敲断了，大量出血，被人塞进几团药棉花，它在身上乱舔所以到处有血迹。于是给它打针防破伤风，注射消炎剂，清洗口腔，取出药棉花，涂药。菁清抱它回来，说："看它这个样子，今天不要叫它在门外睡了吧？"我还有什么话说。于是小花子进了家门，睡在属于黑猫公主的笼子里。黑猫公主关在楼上寝室里。三猫隔离，各不相扰。这是临时处置，我心想，过一两天还是要放小花子到门外去的。

但是没想到第二天菁清又有了新发现，她告诉我说，在她掰开猫嘴涂药时发觉猫的舌头短了一大截，舌尖不见了。大概是牙被敲断时，被人顺手把舌头也剪断了。菁清要我看，我不敢看。我不知道它犯了什么大过，受此酷刑。我这才明白为什么每次喂它吃鱼总是吃得盘里盘外狼藉不堪，原来它既无门牙又缺半截舌头。世界上是有厌猫的人。据说，拿破仑就厌恶猫，"在某次战役中，有个侍从走过拿破仑的卧房时，突然听到这位法国皇帝在呼救。他打开房门一看，拿破仑的衣服才穿到一半，满头大汗，用剑猛刺绣帷，原来他是在追杀一只小猫。”美国的艾森豪威尔总统也恨猫，“在盖茨堡家中的电视机旁，备有一支鸟枪打击乌鸦。此外他还下令，周遭若出现任何猫，格杀勿论。”英文里有一个专门名词，称厌恶猫者为 ailurophobe。我想我们的小花子一定是在外游荡时遇到了一位厌猫者，敲掉门牙、剪断舌头还算是便宜了它。

菁清说，这猫太可怜，并且历数它的本质不恶，天性很乖，体态轻盈，毛又细软，但是她就没有明白表示要长期收养它的意思。我也没有明白表示我要改变不许它进门的初衷。事实逐步演变，它已成了我们家庭的一员。菁清奉献刷毛、挖耳、剪指甲全套服务，还不时地把它抱在怀里亲了又亲。我每星期上市买鱼也由七斤变为十斤。煮鱼摘刺喂食的时候，也由准备两盘改为三盘。

“米已熟了，只欠一筛。”最后菁清画龙点睛似的提出了一个话题。“这猫已不像是一只野猫了，似不可再把它当作街头浪子，也不再是小叫花子，我们把‘小花子’的名字里的‘子’字取消，就叫它‘小花’吧。”

我说“好吧”。从此名正言顺，小花子成了小花。我担心的是以后是否还有二花三花闻风而至。

狗

我初到重庆，住在一间湫隘的小室里，窗外还有三两棵肥硕的芭蕉，屋里益发显得阴森森的，每逢夜雨，凄惨欲绝。但凄凉中毕竟有些诗意，旅中得此，尚复何求？我所最感苦恼的乃是房门外的那一只狗。

我的房门外是一间穿堂，亦即房东一家老小用膳之地，餐桌底下永远卧着一条脑满肠肥的大狗。主人从来没有扫过地，每餐的残羹剩饭，骨屑稀粥，以及小儿便溺，全都在地上星罗棋布着，由那只大狗来舐得一干二净。如果有生人走近，狗便不免有所误会，以为是要和它争食，于是声色俱厉地猛扑过去。在这一家里，狗完全担负了“洒扫应对”的责任。

“君子有三畏”，狾犬其一也。我知道性命并无危险，但是每次出来进去总要经过它的防次，言语不通，思想亦异，每次都要引起摩擦，酿成冲突，日久之后真觉厌烦之至。其间曾经谋求种种对策，一度投以饵饼，期收绥靖之效，不料饵饼尚未啖完，乘我返身开锁之际，无警告地向我的腿部偷袭过来，又一度改取“进攻乃最好之防御”的方法，转取主动，见头打头，见尾打尾，虽无挫衄，然积小胜终不能成大胜，且转战之余，血脉偾张，亦大失体统。因此外出即怵回家，回到房里又不敢多饮茶。不过使我最难堪的还不是狗，而是它的主人的态度。

狗从桌底下向我扑过来的时候，如果主人在场，我心里是存着一种奢望的：我觉得狗虽然也是高等动物，脊椎动物哺乳类，然而，究竟，至少在外形上，主人和我是属于较近似的一类，我希望他给我一些援助或同情。但是我错了，主客异势，亲疏有别，主人和狗站在同一立场。我并不是说主人也帮着狗狺狺然来对付我，他们尚不至于这样的合群。我是说主人对我并不解救，看着我的狼狈而哄然噱笑，泛起一种得意之色，面带着笑容对狗嗔骂几声：“小花！你昏了？连 × 先生你都不认识了！”骂的是狗，用的是让我所能听懂的语言。那弦外之音是：“我已尽了管束之责了，你如果被狗吃掉莫要怪我。”然后他就像是在罗马剧场里看基督徒被猛兽扑食似的作壁上观。俗语说，“打狗看主人”，我觉得不看主人还好，看了主人我倒要狠狠地再打狗几棍。

后来我疏散下乡，遂脱离了这恶犬之家，听说继续住那间房的是一位军人，他也遭遇了狗的同样的待遇，也遭遇了狗的主人的同样的待遇，但是他比我有办法，他拔出枪来把狗当场格毙了，我于称快之余，想起那位主人的悲怆，又不能不付予同情了。特别是，残茶剩饭丢在地下无人舐，主人事必躬亲洒扫，其凄凉是可想而知的。

在乡下不是没有犬厄。没有背景的野犬是容易应付的，除了菜花黄时的疯犬不计外，普通的野犬都是些不修边幅的夹尾巴的可怜的东西，就是汪汪地叫起来也是有气无力的，不像人家豢养的狗那样振振有词自成系统。有些人家在门口挂着牌示“内有恶犬”，我觉得这比门里埋伏恶犬的人家要忠厚得多。我遇见过埋伏，往往猝不及防，惊惶大呼，主人闻声搴帘而出，嫣然而笑，肃客入座。从容相告狗在最近咬伤了多少人。这是一种有效的安慰，因为我之未及于难是比较可庆幸的事了。但是我终不明白，他为什么不索性养一只虎？来一个吃一个，来两个吃一双，岂不是更为体面吗？

这道理我终于明白了。雅舍无围墙，而盗风炽，于是添置了一只狗。一日邮差贸贸然来，狗大声咆哮，邮差且战且走，蹒跚而逸，主人拊掌大笑。我顿有所悟。别人的狼狈永远是一件可笑的事，被狗所困的人是和踏在香蕉皮上面跌跤的人同样的可笑。养狗的目的就要它咬人，至少作吃人状。这就是等于养鸡是为要它生蛋一样，假如一只狗像一只猫一样，整天晒太阳睡觉，客人来便咪咪叫两声，然后逡巡而去，我想不但主人惭愧，客人也要惊讶。所以狗咬客人，在主人方面认为狗是克尽厥职，表面上尽管对客抱歉，内心里是有一种愉快，觉得我的这只狗并非是挂名差事，它守在岗位上发挥了作用。所以对狗一面苛责，一面也还要嘉勉。因此脸上才泛出那一层得意之色。还有衣冠楚楚的人，狗是不大咬的，这在主人也不能不有“先获我心”之感。所可遗憾者，有些主人并不以衣裳取人，亦并不以衣裳废人，而这种道理无法通知门上，有时不免要慢待佳宾。不过就大体论，狗的眼力总是和他的主人差不了多少。所以，有这样多的人家都养狗。

一条野狗

野狗当道，有司捕杀之，吾无间然。

夜深人静，常听到犬吠之声盈耳，哀而且厉，随即寂然。我初以为是狗屠出来猎狩，收集香肉，供人大嚼。后来听说是市府派出来的专人收捕野狗。他们的猎具简单，一根棍子，顶端系上一个铅铁丝圈的活套，瞄准了套在狗颈上面，越拉越紧，狗便无法挣脱。提起狗来往停在路边的车子里一甩，凑足了十个八个，送往拘留场所，三日无人认领，则聚而歼之，无稍贷。对市民而言，这是德政。

从前我的居处楼上有人养狗，我从未见过这狗，不知其为雌雄、妍媸、胖瘦。但是狗准时狂吠，准在黎明的时候以极不悦耳的短促而连续的声音嗥叫，惊醒上下左右邻人的清睡。熟睡中被惊醒是很难受的。古人形容人民之安居乐业的现象之一是“狗不夜吠”（见《后汉书·循吏传》）。有一天菁清在电梯中遇到狗主人，说起这条狗，委婉地请求她能不能“无使尨也吠”。狗主人反问：“你搬来多久了？”菁清说：“将近一月。”狗主人说：“我在此地养这条狗将近三年了。”言外之意是，她和她的狗已经是资深的住户，一切早已定型，传统不容置疑。我闻之不禁叹息，有其人必有其狗。可是睦邻要紧，何况这狗不是野狗，所以这桩事只好列为百忍的项目之一，忍了两年，忽不闻犬吠，人犬俱杳，大概是搬走了。

历史重演，我现在住的地方又有一条狗半夜里汪汪地叫，不是在楼上，是在街上，原是一家店铺豢养的一只母狗，店铺关门，狗被遗弃，变成了野狗。它在附近餐馆偶然拾些残羹剩炙，苟全性命，但是瘦骨嶙峋，棕黑色的毛脱落了一半，同时长满了虱。别看它这副腌臜相，在一群落魄的公狗的眼里，它还是眉清目秀的。果然，有一夜晚，一群野狗狺狺然骚动起来，争相追逐这只可怜的母狗。结果是群狗哄散，不久这条狗就大腹膨亨了。大概狗在怀胎期间格外容易感觉到饿，所以它叫得格外凄厉。菁清和我时常外出就餐，偶然剩余的菜肴便大包小包的携带回家，菁清没有浪费的习惯，归途遇见这只母狗，菁清顺手打开包裹，投以肉骨之类。一只狗真正饥饿的时候，饥火中烧，忽然看见肉骨，饥火会从眼里直冒出来。它急急忙忙地大口吞嚼。咔嚓咔嚓之声可闻，还不时地左顾右盼，唯恐谁来夺食。吃完之后，还要舔地，好像是意犹未尽。菁清索性以全部剩食投赠，它如风卷残云一般吃得一干二净。饿狗得食，那份满足的样子给人印象至深。此后我们就时常喂它，它好像认识我们了，见到我们就摇它的尾巴，这是它的礼貌。我们只是“随所见物，发慈悲心”（莲池大师语），并不是对这只野狗有所偏爱。

有一天，楼下餐馆主人说，那只野狗利用他后门外的一角空地产下了五只小狗。菁清就劝店主喂养它们，店主也答应了，只是把三只小狗送人，留下两只。我们看了这两只，肥肥胖胖，满地打滚，一白色一棕色。天地之大德曰生，狗也在一切有情之内。现有母狗长得丰满了，皮毛也显著悦泽，母性焕发，怡然自得，再也不黎明狂吠扰人清梦了。我们为它庆幸，“得其所哉”！尤其是看它喂奶给小狗吃的那副舒坦的样子，令人兴起愉悦之感。

忽然有一天餐馆主人告诉我们，那条狗被抓走了！我们立刻就想到捕狗人员用铁圈套狗的样子，不免戚然。问店主要不要去认领，他摇摇头。“那两只小狗怎么办呢？”他说：“我们会喂它。”说着说着那两只小狗跑过来了，依然欢蹦乱跳，满地打滚，不晓得覆巢之下岂有完卵？！

我知道那条狗还可以苟延残喘三天，这三天中，我不时地想到它。三天过后，万事皆空，它的影子仍然不时地浮现在我心里。这条狗并不美，比起什么狮子狗、狐狸狗、哈巴狗、牧羊狗、大丹狗、香肠狗、牛头狗……都差得远。我没有抚摸过它，只是偶有一饭之恩。奈何三日已过而仍萦绕我的心怀？我的心怀已经是满满的，不能再容纳一只无家可归惨遭捕杀的野狗。我想唯一释怀的方法是把这一桩事写出来，也许写出来之后心里就会觉得释然。试试看。

骆驼

台北没有什么好去处。我从前常喜欢到动物园走动走动，其中两个地方对我有诱惑。一个是一家茶馆，有高屋建瓴之势，凭窗远眺，一片油绿的田畴，小川蜿蜒其间，颇可使人目旷神怡。另一值得看的便是那一双骆驼了。

有人喜欢看猴子，看那些乖巧伶俐的动物，略具人形，而生活究竟简陋，于是令人不由得生出优越之感，掏一把花生掷进去。有人喜欢看狮子跳火圈，狗做算学，老虎翻筋斗，觉得有趣。我之看骆驼则是另外一种心情，骆驼扮演的是悲剧的角色。它的槛外是冷冷清清的，没有游人围绕，所谓槛也只是一根杉木横着拦在门口。地上是烂糟糟的泥。它卧在那里，老远一看，真像是大块的毛姜。逼近一看，真可吓人！一块块的毛都在脱落，斑驳的皮肤上隐隐地露着血迹。嘴张着，下巴垂着，有上气无下气地在喘。水汪汪的两只眼睛好像是眼泪扑簌地盼望着能见亲族一面似的。腰间的肋骨历历可数，颈子又细又长，尾巴像是一条破扫帚。骆峰只剩下了干皮，像是一只麻袋搭在背上。骆驼为什么落到这悲惨地步呢？难道“沙漠之舟”的雄姿即不过如是吗？

我心目中的骆驼不是这样的。儿时在家乡，一听见大铜铃叮叮当当响就知道送煤的骆驼队来了，愧无管宁的修养，往往夺门出现。一根细绳穿系着好几只骆驼，有时是十只八只的，一顺地立在路边。满脸煤污的煤商一声吆喝，骆驼便乖乖地跪下来给人卸货，嘴角往往流着白沫，口里不住地嚼——反刍。有时还跟着一只小骆驼，几乎用跑步在后面追随着。面对着这样庞大而温驯的驮兽，我们不能不惊异地欣赏。

是亚热带的气候不适于骆驼居住（非洲北部的国家有骆驼兵团，在沙漠中驰骋，以骁勇善战著名。不过那骆驼是单峰骆驼，不是我们所说的双峰骆驼）。动物园的那一双骆驼不久就不见了。标本室也没有空间容纳它们。我从此也不大常去动物园了。我曾想：公文书里罢黜一个人的时候常用“人地不宜”四字，总算是一个比较体面的下台的借口。这骆驼之黯然消逝，也许就是类似“人地不宜”之故吧？生长在北方大地之上的巨兽，如何能局促在这样的小小圈子里，如何能耐得住这炎方的郁蒸？它们当然要憔悴，要悒悒，要委顿以死。我想它们看着身上的毛一块块地脱落，真的要变成“有板无毛”的状态，蕉风椰雨，晨夕对泣，心里多么凄凉！真不知是什么人恶作剧，把它们运到此间，使得它们尝受这一段辛酸，使得我们也兴起“人何以堪”的感叹！

其实，骆驼不仅是在这炎蒸之地难以生存，就是在北方大陆其命运也是在日趋衰微。在运输事业机械化的时代，谁还肯牵着一串串的骆驼招摇过市？沙漠地带该是骆驼的用武之地了，但现在沙漠里听说也有现代的交通工具。骆驼是驯兽，自己不复能在野外繁殖谋生。等到为人类服务的机会完全消失的时候，我不知道它将如何繁衍下去。最悲惨的是，大家都讥笑它是兽类中最愚蠢的当中的一个：因为它只会消极地忍耐。给它背上驮500磅的重载，它会跪下来承受。它肯食用大多数哺乳动物所拒绝食用的荆棘苦草，它肯饮用带盐味的脏水。它奔走三天三夜可以不喝水，并不是因为它的肚子里储藏着水，是因为它在体内由于脂肪氧化而制造出水。它的驼峰据说是美味，我虽未尝过，可是想想熊掌的味道，大概也不过尔尔。像这样的动物若是从地面上消逝，可能不至于引起多少人惋惜。尤其是在如今这个世界，大家所喜欢豢养的乃是善伺人意的哈巴狗，像骆驼这样“任重而道远”的家伙，恐怕只好由它一声不响地从这世界舞台上退下去吧！

树

北平的人家，差不多家家都有几棵相当大的树。前院一棵大槐树是很平常的。槐荫满庭，槐影临窗，到了六七月间槐黄满树，使得家像一个家，虽然树上不时地由一根细丝吊下一条绿颜色的肉虫子，不当心就要粘得满头满脸。槐树寿命很长，有人说唐槐到现在还有生存在世上的。这种树的树干就有一种纠绕蟠屈的姿态，自有一股老丑而并不自谦的神气，有这样一棵矗立在前庭，至少可以把“树小墙新画不古”的讥诮免除三分之一。后院照例应该有一棵榆树，榆与余同音，示有余之意，否则榆树没有什么特别值得人喜爱的地方，成年地往下撒落五颜六色的毛毛虫，榆钱做糕也并不好吃。至于边旁跨院里，则只有枣树的份，“叶小如鼠耳”，到处生些怪模怪样的能刺伤人的小毛虫。枣实只合做枣泥馅子，生吃在肚里就要拉枣酱，所以左邻右舍的孩子老妪任意扑打也就算了。院子中央的四盆石榴树，那是给天棚鱼缸做陪衬的。

我家里还有些别的树。东院里有一棵柿子树，每年结一二百个高庄柿子，还有一棵黑枣。垂花门前有四棵西府海棠，艳丽到极点。西院里有四棵紫丁香，占了半个院子。后院有一棵香椿和一棵胡椒，椿芽、椒芽成了烧黄鱼和拌豆腐的最好的佐料。榆树底下有一个葡萄架，年年在树根左近要埋一只死猫（如果有死猫可得）。在从前的一处家园里，还有更多的树，桃、李、胡桃、杏、梨、藤萝、松、柳，无不俱备。因此，我从小就对树存有偏爱。我尝面对着树生出许多非非之想，觉得树虽不能言、不解语，可是它也有生老病死，它也有荣枯，它也晓得传宗接代，它也应该算是“有情”。

树的姿态各个不同。亭亭玉立者有之；矮墩墩的有之；有张牙舞爪者；有佝偻其背者；有戟剑森森者；有摇曳生姿者；各极其致。我想树沐浴在熏风之中，抽芽放蕊，它必有一番愉快的心情。等到花簇簇，锦簇簇，满枝头红红绿绿的时候，招蜂引蝶，自又有一番得意。落英缤纷的时候可能有一点伤感，结实累累的时候又会有一点迟暮之思。我又揣想，蚂蚁在树干上爬，可能会觉得痒痒出溜的；蝉在枝叶间高歌，也可能会觉得聒噪不堪。总之，树是活的，只是不会走路，根扎在哪里便住在哪里，永远没有颠沛流离之苦。

小时候听“名人演讲”，有一次是一位什么“都督”之类的角色讲演“人生哲学”，我只记得其中一点点，他说：“植物的根是向下伸，兽畜的头是和身躯平的，人是立起来的，他的头是在最上端。”我当时觉得这是一大发现，也许是生物进化论的又一崭新的说法。怪不得人为万物之灵，原来他和树比较起来是本末倒置的。人的头高高在上，所以“清气上升，浊气下降”。有道行的人，有坐禅，有立禅，不肯倒头大睡，最后还要讲究坐化。

可是历来有不少诗人并不这样想，他们一点也不鄙视树。美国的佛洛斯特有一首诗，名《我的窗前树》，他说他看出树与人早晚是同一命运的，都要倒下去，只有一点不同，树担心的是外在的险恶，人烦虑的是内心的风波。又有一位诗人名 Kilmer，他有一首著名的小诗——《树》，有人批评说那首诗是“坏诗”，我倒不觉得怎样坏，相反地，“诗是像我这样的傻瓜作的，只有上帝才能造出一棵树”，这两行诗颇有一点意思。人没有什么了不起，侈言创造，你能造出一棵树来吗？树和人，都是上帝的创造。最近我到阿里山去游玩，路边见到那株“神木”，据说有三千年了，比起庄子所说的“以八千岁为春，以八千岁为秋”的上古大椿还差一大截子，总算有一把年纪，可是看那一副形容枯槁的样子，只是一具枯骸，何神之有！我不相信“枯树生华”那一套。我只能生出“树犹如此，人何以堪”的感想。

我看见阿里山上的原始森林，一片片、黑压压，全是参天大树，郁郁葱葱。但与我从前在别处所见的树木气象不同。北平公园大庙里的柏，以及梓橦道上的所谓“张飞柏”，号称“翠云廊”，都没有这里的树那么直、那么高。像黄山的迎客松，屈铁交柯，就更不用提，那简直是放大了的盆景。这里的树大部分是桧木，全是笔直的，上好的电线杆子材料。姿态是谈不到，可是自有一种榛莽未除、入眼荒寒的原始山林的意境。局促在城市里的人走到原始森林里来，可以嗅到“高贵的野蛮人”的味道，令人精神上得到解放。

盆景

我小时候，看见我父亲书桌上添了一个盆景，我非常喜爱。是一盆文竹，栽在一个细高的方形白瓷盆里，似竹非竹，细叶嫩枝，而不失其挺然高举之致。凡物小巧则可爱。修篁成林，蔽不见天，固然幽雅宜人，而盆盎之间绿竹猗猗，则亦未尝不惹人怜。文竹属百合科，当时在北方尚不多见。

我父亲为了培护他这个盆景，费了大事。先是给它配上一个不大不小的硬木架子，安置在临窗的书桌右角，高高地傲视着居中的砚田。按时浇水，自不待言，苦的是它需阳光照晒，晨间阳光晒进窗来，便要移盆就光，让它享受那片刻的煦暖。若是搬到院里，时间过久则又不胜骄阳的肆虐。每隔一两年要翻换肥土，以利新根。败枝枯叶亦须修剪。听人指点，用笔管戳土成穴，灌以稀释的芝麻酱汤，则新芽茁发，其势甚猛。有一年果然抽芽蹿长，长至数尺而意犹未尽，乃用细绳吊系之，使缘窗匍行，如篱萝然。

此一盆景陪伴先君二三十年，依然无恙。后来移我书斋之内，仍能保持常态，在我凭几写作之时，为我增加情趣不少。嗣抗战军兴，家中乏人照料，冬日书斋无火，文竹终于僵冻而死。丧乱之中，人亦难保，遑论盆景！然我心中至今戚戚。

这一盆文竹乃购自日商。日本人好像很精于此道。所制盆栽，率皆枝条掩映，俯仰多姿。尤其是盆栽的松柏之属，能将文理盘错的千寻之树缩收于不盈咫尺的缶盆之间，可谓巧夺天工。其实盆栽之术，源自我国，日人善于模仿，巧于推销，百年来盆栽遂亦为西方人士所嗜爱。Bonsai 一语实乃中文盆栽二字之音译。

据说盆景始于汉唐，盛于两宋。明朝吴县人王鏊作《姑苏志》有云："虎邱人善于盆中植奇花异卉，盘松古梅，置之几案，清雅可爱，谓之盆景。"当时姑苏不仅擅园林之美，且以盆景之制作驰誉于一时。刘銮《五石瓠》："今人以盆盎间树石为玩，长者屈而短之，大者削而约之，或肤寸而结果实，或咫尺而蓄虫鱼，概称盆景，元人谓之些子景。"些子大概是元人语，细小之意。

我多年来漂泊四方，所见盆景亦夥，南北各地无处无之，而技艺之精则均与时俱进。见有松柏盆景，或根株暴露，做龙爪攫拿之状，名曰"露根"。或斜出倒挂于盆口之外，挺秀多姿，俨然如黄山之"蒲团""黑虎"，名曰"悬崖"。或一株直立，或左右并生，无不于刚劲挺拔之中展露搔首弄姿之态。甚至有在浅钵之中植以枫林者，一二十株枫树集成丛林之状，居然叶红似火，一片霜林气象。种种盆景，无奇不有，纳须弥于芥子，取法乎自然。作为案头清供，诚为无上妙品。近年有人以盆景为专业，有时且公开展览，琳琅满目，洋洋大观。盆景之培养，需要经年累月，悉心经营，有时甚至经数十年之辛苦调护方能有成。或谓有历千百年之盆景古木，价值连城，是则殆不可考，非我所知。

盆景之妙虽尚自然，然其制作全赖人工。就艺术观点而言，艺术本为模仿自然。例如图画中之山水，尺幅而有千里之势。杜甫望岳，层云荡胸，飞鸟入目，也是穷目之所极而收之于笔下。盆景似亦若是，唯表现之方法不同。黄山之松，何以有那样的虬蟠之态？那并不是自然的生态。山势确荦，峭崖多隙，松生其间，又复终年的烟霞翳薄，夙雨飕飕，当然枝柯虬曲，甚至倒悬，欲直而不可得。原非自然生态之松，乃成为自然景色之一部。画家喜其奇，走笔写松遂常作龙蟠虬曲之势。制盆景者师其意，纳小松于盆中，培以最少量之肥土，使之滋长而不过盛，芟之剪之，使其根部坐大，又用铅铁丝缚绕其枝干，使之弯曲作态而无法伸展自如。

艺术与自然本是相对的名词。凡是艺术皆是人为的。西谚有云：Ars est celare artem（真艺术不露人为的痕迹），犹如吾人所谓“无斧凿痕”。我看过一些盆景，铅铁丝尚未除去，好像是五花大绑，即或已经解除，树皮上也难免皮开肉绽的疤痕。这样艺术的制作，对于植物近似戕害生机的桎梏。我常在欣赏盆景的时候，联想到在游艺场中看到的一个患侏儒症的人，穿戴齐整地出现在观众面前，博大家一笑。又联想从前妇女的缠足，缠得趾骨弯折，以成为三寸金莲，作摇曳婀娜之态！

我读龚定庵《病梅馆记》，深有所感。他以为一盆盆的梅花都是匠人折磨成的病梅，用人工方法造成的那副弯曲佝偻之状乃是病态，于是他解其束缚，脱其桎梏，任其无拘无束地自然生长，名其斋为病梅馆。龚氏此文，常在我心中出现，令我憬然有悟，知万物皆宜顺其自然。盆景，是艺术，而非自然。我于欣赏之余，真想效龚氏之所为，去其盆盎，移之于大地，解其缠缚，任其自然生长。

四君子

梅、兰、竹、菊，号称花中四君子，其说始于何时，创自何人，我不大清楚。集雅斋梅、兰、竹、菊四谱，小引云："文房清供，独取梅、兰、竹、菊四君者，无他，则以其幽芬逸致，偏能涤人之秽肠而澄莹其神骨。"四君子风骨清高固无论已，但是初学花卉者总是由此入手，记得幼时模拟芥子园画谱就是面对几页梅、兰、竹、菊而依样画葫芦，盖取其格局笔路比较简单明了容易下笔。其中有多少幽芬逸致，彼时尚难领略。最初是画梅，我根本不曾见过梅花树，细枝粗杆，勾点花蕊，辄沾沾自喜，以为暗香疏影亦不过如是，直到有一位朋友给我当头一棒："吾家之犬，亦优为之。"从此再也不敢动笔。兰花在北方是少见的，我年轻时只见过一次，那是有人从福建"捧"到北方来的一盆素心兰，放在女主人屋角一只细高的硬木架上，居然抽茎放蕊，听说有幽香盈室（我闻不到），我只看到乱蓬蓬的像是一丛野草。竹子倒不大稀罕，不过像林处士所谓“竹林绕吾庐，清深趣有余”，对我而言一直是想象中的境界。所以竹雨是什么样子，竹香是什么味道，竹笑是什么神情，我都不大了解。有人说：“喜写兰，怒写竹。”这话当然有道理，但我有喜怒却没有这种起升华作用的才干。至于菊，直是满坑满谷，何处无之，难得在东篱下遇见它而已。近日来艺菊者往往过分溺爱，大量催肥，结果是每个枝头顶着一个大馒头，帘卷西风，花比人痴胖！这时候，谁还要为它写生？

我年事渐长，慢慢懂了一点道理，四君子并非浪博虚名，确是各自有它的特色。梅，剪雪裁冰，一身傲骨；兰，空谷幽香，孤芳自赏；竹，筛风弄月，潇洒一生；菊，凌霜自得，不趋炎热。合而观之，有一共同点，都是清华其外，淡泊其中，不做媚世之态。画，不是纯技术的表现，画的里面有韵味，画的背后有个人。画家的胸襟风度不可避免地会流露在画面之上。我尝以为，唯有君子才能画四君子，才能恰如其分地表达出四君子的风骨。艺术，永远是人性的表现。唯有品格高超的人才能画出趣味高超的画。

刘延涛先生的《四君子图》，我认为实在是近年来罕见的精品，是四幅水墨画，不但画好，诗书也配合得好，看得出来是趁墨汁未干时就蘸着余墨题诗，一气呵成，墨色匀称。诗、书、画，浑然成为一体。四君子加上画家，应该是五君子了。画成于一九六三年、一九六四年间，我最初记得是在七友画展中见到的，印象极深。如今张在壁上，我乃能朝夕相对，令人翛然心远，俗虑顿消。画的题识是这样的：

最是傲霜菊亦残，更无雁字报平安。
少年意气消沉尽，自写梅花共岁寒。

故园清芬久寂寞，滋兰九畹不为多。
殷勤护得灵根旧，我欲飞投向汨罗。

高节临风夏亦寒，虚心阅世始能安。
于今渐悟修身法，日日砚前种万竿。

篱下寄居非得计，瓶中供养更堪哀。
何如大野友寒翠，迎接霜风次第开。

山杜鹃

山杜鹃，英文作 rhododendron, 字首 rhodo 表“玫瑰”之意，字尾 dendron 表“树”之义，故亦可译作“玫瑰树”，事实上这植物开花时节真是花团锦簇，而躯干修伟，可达三十几英尺之高，蔚为壮观，称之为树亦甚相宜。是石南属常青灌木之一，叶子是互生的，春夏之交枝端绽出色彩鲜艳的伞状花，光彩照眼，如火如荼。花的颜色种类繁多，有红的、白的、粉红的、淡紫的，浓淡深浅各极其致。品种也很多，据说马来群岛、澳洲北部、中国高山及喜马拉雅山上都有分布。可是我从来没有看见过它。我们在四月底匆匆就道，就是生怕误了这个花季。

还好，我们到达西雅图，正赶上这个花季的尾声。这种花，华盛顿州引以自傲，奉为州花，其实西维吉尼亚州也是视为州花的。西雅图地处美国的西北角，在太平洋的边缘，在冬天有暖风向西南吹，在夏天有阿拉斯加海湾的冷气从西北方袭来，所以终年不冷不热，不湿不燥，正适于山杜鹃的生长。市区本身约九十平方英里，人口五十多万人（包括郊区则有一百一十多万人），和许多其他地方比较起来称得上是地广人稀。美国的住宅方式和我们的不同，他们好像是不喜欢围墙，每家门外都是或大或小的花园，一片草地，几堆花丛，家与家之间偶然也有用矮矮的篱笆隔离的，但是永远遮不住行人的视线，那万紫千红争奇斗艳好像是有意邀行人的注目。西雅图是建立在七座山头之上，全市的地势都是上上下下，我们住的地方有高屋建瓴之势，所以我从窗户望出去，到处是花树扶疏，蓊蓊郁郁。山杜鹃好像是每家都有几棵，或栽在房檐下，或植在草地中间，或任其在路边生长。我清晨散步，逐户欣赏那无数的山杜鹃，好像都在对着我笑。这里住家的主人主妇，在整理庭园上谁也不甘落后，你剪草地，我施肥，你拔莠草，我浇水，大概就是为了赢得行人一声赞叹吧。人与人，家与家……本来何必要隔上那么一堵墙？我译过一首美国诗人弗罗斯特的诗，不禁想起了它：

补墙

有一点什么，它大概是不喜欢墙，
它使得墙脚下的冻地涨得隆起，
大白天的把墙头石块弄得纷纷落；
使得墙裂了缝，二人并肩都走得过。
士绅们行猎时又是另一番糟蹋：

他们要掀开每块石头上的石头，
我总是跟在他们后面去修补，
但是他们要把兔子从隐处赶出来，
讨好那群汪汪叫的狗。我说的墙缝
是怎么生的，谁也没看见，谁也没听见，
但是到了春季补墙时，就看见在那里。
我通知了住在山那边的邻居；
有一天我们约会好，巡视地界一番，
在我们两家之间再把墙重新砌起。
我们走的时候，中间隔着一垛墙。
落在各边的石块，由各自去料理。
有些是长块的，有些几乎圆得像球，
需要一点魔术才能把它们放稳当：
“老实待在那里，等我们转过身再落下！”
我们搬弄石头，把手指都磨粗了。
啊！这不过是又一种户外游戏，
一个人站在一边。此外没有多少用处：
在墙那地方，我们根本不需要墙：
他那边全是松树，我这边是苹果园。
我的苹果树永远也不会踱过去
吃掉他松树下的松球，我对他说。
他只是说：“好篱笆造出好邻家。”

春天在我心里作祟，我在悬想
能不能把一个念头注入他的脑里：
“为什么好篱笆造出好邻家？是否指
有牛的人家？可是我们此地又没有牛。
我在造墙之前，先要弄个清楚，
圈进来的是什么，圈出去的是什么，
并且我可能开罪的是些什么人家。
有一点什么，它不喜欢墙，
它要推倒它。”我可以对他说这是“鬼”，
但严格说也不是鬼，我想这事还是
由他自己决定吧。我看见他在那里
搬一块石头，两手紧抓着石头的上端，
像一个旧石器时代的武装的野蛮人。
我觉得他是在黑暗中摸索，
这黑暗不仅是来自深林与树荫。
他不肯探究他父亲传给他的格言，
他想到这句格言，便如此地喜欢，
于是再说一遍：“好篱笆造出好邻家。”

因西雅图家家户户不设围墙，我想起了这首诗，但是我也想起了我们的另一句俗话：“亲兄弟，高打墙！”

季淑爱花成癖，在花厂看到大片大片盆栽的山杜鹃，流连不忍去，我怂恿她买下最小的一盆，再困难我也要把它携回台湾。不料放在阳台上，雨露浸润，个把月的工夫，抽芽放叶，枝条挺出，俨然成了一棵小树，我们只好把它移植到庭园的一角，还它自由，不必勉强它离乡背井地在炎方瘴地去受流落之苦了。

哀枫树

我每至西雅图，下榻士耀、文蔷家。我六楼上寝室有两个窗子，从南窗远眺，晴朗时可以看到高一万四千余英尺的瑞尼尔山峰清清楚楚地浮现在天空中，山巅终年积雪，那样子很像日本的富士山，而其悬在半空的样子又有一点像是由我们的岳阳楼之遥望君山。西窗外，则有两棵大树骈立，一棵是杉，一棵是枫，根干相距约有十英尺，枝叶则纠结交叉，相依相偎如为一体。两棵树都高约五丈，虽非参天古木，亦甚庄严壮观，尤其是那株枫树，正矗立在我窗前，夕阳西下，几缕阳光从树叶隙处横射过来，把斑斓的叶影筛到窗幕上面。窗外的树，窗内的人，朝夕相对，默然无语。

枫树的种类很多，据说有一百五十种以上。我们这棵枫树是最普通的一种，自阿拉斯加至南加州一带无处无之，是属于大叶枫的一类。叶厚而大，风过飒飒作响，所以此树从木从风。能制枫糖的是属于另外一种。“霜叶红于二月花”的则又是一种。我们中国诗人所常吟咏的是丹枫，又名霜枫，亦谓江枫。张继的《枫桥夜泊》中的“月落乌啼霜满天，江枫渔火对愁眠”，以及刘季游的《登天柱冈诗》中的“我行谁与报江枫，旋摆旌旗一路红”，都是有名的诗句。其实，红叶不限于枫，凡是树根吸取土中糖分过多，骤遏霜寒即起化学作用而呈红色，既非红颜娇艳取悦于人，亦非以憔悴之容惹人怜惜。

落叶乔木，到了季节，叶子总要变色脱落的。西雅图植物园里枫树很多，入秋红叶缤纷，有人认为景色甚美，我驱车前往，只是有一股萧瑟肃杀之气使人不快。我们这棵枫树，叶子不变红，变黄，一夜北风寒，黄叶纷纷落。我曾有好几个秋季给它扫除落叶。接连十天八天，叶子扫不尽。一早起来，就发现很厚的一层黄叶遮盖了一大块草地。我用大竹篾做的耙子，用力地耙拢成堆。从土壤里来的东西还让它回到土里去。扫叶工作相当累人，使人遍体生温，和龚半千扫叶楼的情景不大相同。扫叶楼是南京名胜之一，是我于一九二六年最喜欢盘桓的一个地方。那里庭院不大，树也不大，想半千居士所扫的落叶也不过是一种情趣的象征而已，我扫枫叶乃纯粹的劳动，整理庭除，兼为运动。

枫树不仅落叶烦人，春天开的小花，谢后散落如雨，而且所结的果实有翅，乘风滴溜溜地到处飞扬，落到草地上、石缝里、道路边，随地萌芽生长，若不勤加拔除，不久就会成为一座枫林。《易经》说：“天地变化，草木蕃。”枫树之雄厚的蕃息力量，正是自然之道。不过由萌芽而滋长，逃过多少灾难，然后才能成为一棵几丈高的大树。枫树在我们需要阴凉的时候，它给我们遮阳，到了冬天我们需要温暖的时候它又迅速地脱卸那一身的浓密大叶，只剩下干枝光杆在半空寒风中张牙舞爪，它好知趣，它好可人！

但树也有旦夕祸福。我这次到西雅图来，隔窗一望那棵枫树不见了！再探头望下来，一块块的大木橛子、大木墩子，横七竖八地陈列在木栅边，一棵树活生生地被锯成了几十段！那棵杉，孤零零地立着，它失掉了贴身的伴侣，它比我更难过。

原来是今年春天，树该发芽的时候，这棵枫树突然没有发出芽来，有气无力地在顶端冒出几片小叶。请了三位树医，各有不同的诊断。一位说是当年造房子打地基伤了树根，一位说是草地施肥杀莠使它中了毒，一位说是感染了无名的疾病。有一点三位完全同意：树已害了不治之症。善后是必须立即办理，否则枫树恐难久立，在风雪怒号之中它会訇然仆地。邻居测量形式，所受威胁最大。于是三家比价，以二百五十元成交，立即伐木丁丁了。言明在先，只管锯成短橛，不管运走。木橛的最大圆周是八英尺有余，直径约二英尺半。唯一用途是当柴烧，分期予以火化，可是斧劈成柴，那工程不小，怕只好出资请人把它一块块地运走了。

现在我的窗前没有东西遮望眼，一片空虚。十年树木，只能略具规模，像这棵枫树之枝叶扶疏，如张巨盖，至少是百年以上的。然而大千世界，一切皆是无常，一棵树又岂是例外？“树犹如此，人何以堪？”

群芳小记

“老子爱花成癖”，这话我不敢说。爱花则有之，成癖则谈何容易。需要有一块良好的场地，有一间宽敞的温室，有各种应用的器材。更重要的是有健壮的体格和充分的闲暇。我何足以语此？好不容易我有了余力，有了闲暇，但是曾几何时，人垂垂老矣！两臂乏力，腰不能弯，腿不能蹲。如何能够剪草、搬盆、施肥、换土？请一位园丁，几天来一次，只能帮做一点粗重的活。而且花是要自己亲手培养，看着它抽芽放蕊，才有趣味。像鲁迅所描写的“吐两口血，扶着丫鬟，到阶前看秋海棠”，那能算是享受吗？

迁台以来，几度播迁，看到了不少可爱的花。但是我经过多次的移徙后，“乔迁”上了高楼，竟没有立锥之地可资利用，种树莳花之事乃成为不可能。不得已，只好寄情于盆栽。幸而菁清爱花有甚于我者，她拓展阳台安设铁架，常不惜长途奔走载运花盆、肥土，戴上手套做园艺至于忘寝废食。如今天晴日丽，我们的窗前绿意盎然。尤其是她培植的“君子兰”由一盆分为十余盆，绿叶黄花，葳蕤多姿。我常想起黄山谷的句子：“白发黄花相牵挽，付与旁人冷眼看。”

菁清喜欢和我共同赏花，并且要我讲述一些有关花木的见闻，爰就记忆所及，拉杂记之。

一、海棠

海棠的风姿艳质，于群芳之中颇为突出。

我第一次看到繁盛缤纷的海棠是在青岛的第一公园。民国二十年春，值公园中樱花盛开，夹道的繁花如簇，交叉蔽日，蜜蜂嗡嗡之声盈耳，游人如织。我以为樱花无色无香，纵然蔚为雪海，亦无甚足观，只是以多取胜。徘徊片刻，乃转去苗圃，看到一排排西府海棠，高及丈许，而花枝招展，绿鬓朱颜，正在风情万种、春色撩人的阶段，令人有忽逢绝艳之感。

海棠的品种繁多，以“西府”为最胜，其姿态在“贴梗”“垂丝”之上。最妙处是每一花苞红得像胭脂球，配以细长的花茎，斜欹挺出而微微下垂，三五成簇。凡是花，若是紧贴在梗上，便无姿态，例如茶花，好的品种都是花朵挺出的。樱花之所以无姿态，便是因为无花茎。榆叶梅之类更是品斯下矣。海棠花苞最艳，开放之后花瓣的正面是粉红色，背面仍是深红，俯仰错落，浓淡有致。

海棠的叶子也陪衬得好，嫩绿光亮而细致。给人整个的印象是娇小艳丽。我立在那一排排的西府海棠前面，良久不忍离去。

十余年后我才有机会在北平寓中垂花门前种植四棵西府海棠，着意培植，春来枝枝花发，朝夕品赏，成为毕生快事之一。明初诗人袁士元和刘德彝《海棠》诗有句云：“主人爱花如爱珠，春风庭院如画图。”似此古往今来，同嗜者不在少。两蜀花木素盛，海棠尤为著名。昌州（今大足县）且有“海棠香国”之称。但是杜工部经营草堂，广栽花木，独不及海棠，诗中亦不加吟咏，或谓避母讳，不知是否有据。唐诗人郑谷《蜀中赏海棠》诗云：“浓淡芳春满蜀乡，半随风雨断莺肠。浣花溪上堪惆怅，子美无心为发扬。”其言若有憾焉。

以海棠与美人春睡相比拟，真是联想力的极致。《新唐书·杨贵妃传》：“明皇登沉香亭，召杨妃，妃被酒新起，命力士从侍儿扶掖而至。明皇笑曰：‘此真海棠睡未足耶？’”大概是海棠的那副懒洋洋的娇艳之状像是美人春睡初起。究竟是海棠像美人，还是美人像海棠，倒是一个有趣的问题。苏东坡一首《海棠》诗有句云：“林深雾暗晓光迟，日暖风清春睡足。”是把海棠比作美人。

秦少游对于海棠特别感兴趣。宋释惠洪《冷斋夜话》：“少游在横州，饮于海棠桥，桥南北多海棠，有老书生家于海棠丛间。少游醉宿于此，明日题其柱云：‘唤起一声人悄，衾暖梦寒窗晓。瘴雨过，海棠开，春色又添多少。社瓮酿成微笑，半破瘿瓢共舀。觉倾倒，急投床，醉乡广大人间小。’”家于海棠丛中，多么风流！

少游醉后题词，又是多么潇洒！少游家中想必也广植海棠，因为同为苏门四学士的晁补之有一首《喜朝天》，注“秦宅海棠作”，有句云：“碎锦繁绣，更柔柯映碧，纤搊匀殷。谁与将红间白。采薰笼，仙衣覆斑斓。如有意，浓妆淡抹，斜倚阑干。”刻画得淋漓尽致。

二、含笑

白朴的曲子《广东原》有这样的一句：“忘忧草，含笑花，劝君闻早宜冠挂。”以忘忧草（萱草）与含笑花作对，很有意思。大概是语出欧阳修《归田录》：“丁晋公在海南，篇咏尤多，如：‘草解忘忧忧底事，花名含笑笑何人？’尤为人所传诵。”含笑花是什么样子，我从未见过，因为它是南方花木，北地所无。

我来到台湾之后十年，开始经营小筑，花匠为我在庭园里栽了一棵含笑。是一人来高的灌木，叶小枝多，毫无殊相。可是枝上有累累的褐色花苞，慢慢长大，长到像莲实一样大，颜色变得淡黄，在燠热湿蒸的天气中，突然绽开。不是突然展瓣，是花苞突然裂开小缝，像是美人的樱唇微绽，一缕浓烈的香气荡漾而出。所以名为含笑。那香气带着甜味，英文俗名称之为“香蕉灌木”（banana shrub），名虽不雅，确是贴切。宋人陈善《扪虱新话》：“含笑有大小，小含笑香尤酷烈。四时有花，唯夏中最盛。又有紫含笑、茉莉含笑。皆以日夕入稍阴则花开。初开香尤扑鼻。予山居无事，每晚凉坐山亭中，忽闻香风一阵，满室郁然，知是含笑开矣。”所记是实。含笑易谢，不待隔日是即花瓣敞张，露出棕色花心，香气亦随之散尽，落花狼藉满地。但是翌日又有一批花苞绽开，如是持续很久。淫雨之后，花根积水，逐渐呈枯零之态。急为它垫高地基，盖以肥土，以利排水，不久又欣欣向荣，花苞怒放了。

大抵花有色则无香，有香则无色。不知是否上天造物忌全？含笑异香袭人，而了无姿色，在群芳中可独树一格。宋人姚宽《西溪丛语》载“三十客”之说，品藻花之风格，其说曰：“牡丹，贵客。梅，清客。李，幽客。桃，妖客。杏，艳客。莲，溪客。木樨，严客。海棠，蜀客。……含笑，佞客。……”含笑竟得佞客之名，殊难索解。佞有伪善或谄媚之意。含笑芬芳馥郁，何佞之有？我对于含笑特有一份好感，因为本地人喜欢采择未放的含笑花苞，浸以净水，供奉在亡亲灵前或佛龛案上，一瓣心香，情意深远，美极了。有一位送货工友，在我门外就嗅到含笑香，向我乞讨数朵，问以何用，答称新近丧母，欲以献在灵前，我大为感动，不禁鼻酸。

三、牡丹

牡丹不是我国特产，好像是传自西方。隋唐以来，始盛播于中土，朝野为之风靡。天宝中，杨贵妃在沉香亭赏木芍药，李白作清平乐词三章，有“云想衣裳花想容”之句。木芍药即牡丹。百年之后，裴度退隐，“寝疾永乐里，暮春之月，忽过游南园，令家仆童升至药栏，语曰：‘我不见花而死，可悲也。’怅然而返。明早报牡丹一丛先发，公视之，三日乃薨。”是真所谓牡丹花下死。白居易为钱塘守，携酒赏牡月，张祜题诗云：“浓艳初开小药栏，人人惆怅出长安。风流却是钱塘守，不踏红尘看牡丹。”刘禹锡赏牡丹诗：“唯有牡丹真国色，花开时节动京城。”其他诗人吟咏牡丹者不计其数。

周敦颐《爱莲说》：“自李唐来，世人甚爱牡丹。……牡丹，花之富贵者也。……牡丹之爱宜乎众矣。”濂溪先生独爱莲，这也罢了，但是字里行间对于牡丹似有贬义。国色天香好像蒙上了羞。富贵中人和向往富贵的人当然仍是趋牡丹如骛。许多志行高洁的人就不免要受《爱莲说》的影响，在众芳之中别有所爱而讳言牡丹了。一般人家里没有药栏，也没有盆栽的牡丹，但至少壁上可以悬挂一幅富贵花图。通常是一画就是五朵，而且颜色不同，魏紫姚黄之外再加上绛色的、粉红色的和朱红色的。据说这表示五世其昌。五朵花都是同时在盛开怒放的姿态之中，花蕊暴露，而没有一瓣是萎膝褪色的。同时，还必须多画上几个含苞待放的蓓蕾，表示不会断了绝孙。因此牡丹益发沾染了俗气。

其实，牡丹本身不俗。花大而瓣多，色彩淡雅，黄蕊点缀其间，自有雍容丰满之态。其质地细腻，不但花瓣的纹路细致，而且厚薄适度。叶子的脉理停匀，形状色彩，亦均秀丽可观。最难得的是其近根处的木本，在泡松的木干中抽出几根，透润的枝条，极有风致。比起芍药不可同日而语。尝看恽南田工笔画的没骨牡丹，只觉其美，不觉其俗，也许因为他不是画给俗人看的。

名花多在寺院中，除了庄严佛土，还可吸引众生前去随喜。苏东坡知杭州，就常到明庆寺、吉祥寺赏牡丹，有诗为证。《雨中明庆寺赏牡丹》："霏霏雨露作清妍，烁烁明灯照欲然。明日春阴花未老，故应未忍着酥煎。"末句有典故，五代后蜀有一兵部，贰卿李昊，牡丹开时分赠亲友，附兴采酥，于花谢时煎食之。牡丹花瓣裹上面糊，下油煎之，也许有一股清香的味道，犹之菊花可以下火锅，不过究竟有些煞风景。北平崇孝寺的牡丹是有名的，据说也有所谓名士在那里吃油炸牡丹花瓣，饱尝异味。崂山的下清寺，有牡丹高与檐齐，可惜我几度游山不曾有一见的机会。

牡丹娇嫩，怕冷又怕热。东坡说："应笑春风木芍药，丰肌弱骨要人医。"我在故乡曾植牡丹一栏，天寒时以稻草束之，一任冰雪埋覆，来春启之施肥，使根干处通风，要灌水但是也要宜排水。届时花必盛开，似不需特别调护。在台湾亦曾参观过一次牡丹展，细小羸弱，全无妖艳之致，可能是时地不宜。

四、莲

《古乐府》："江南可采莲，莲叶何田田。"不只江南可采莲，凡是有水的地方，大概都可以有莲，除非是太寒冷的地方。“曲院风荷”是西湖十景之一。南京玄武湖里一片荷花，多少人在那里荡水舟，钻进去偷吃莲蓬。可是莲花在北方依然是常见的，济南的大明湖，北平的什刹海，都是暑日菡萏敷披风送荷香的胜地，而北海靠近金鳌玉一带的芰荷，在炎夏时候更是青年男女闹舡寻幽谈爱的好地方。

初来台湾，一日忽动乡思，想吃一碗荷叶粥，而荷叶不可得。市公园池塘内有莲花，那是睡莲，非我所欲。后来看到植物园里有一相当大的荷塘，近边处的花和叶都已被人摧折殆尽。有一天去郊游，看见稻田中居然有一塘荷花，停身觅主人请购荷叶，主人不肯收资，举以相赠。回家煮粥，俟熟乘沸以荷叶盖在上面，少顷粥现淡绿色，有香气扑鼻。多余的荷叶弃之可惜，实以米粉肉，裹而蒸之，亦有情趣。其实这也是类似莼鲈之想，慰情聊胜于无而已。

小时家里种了好几大盆荷花。春水既泮，便从温室取出置阳光下，截除烂根细藕，换泥加水，施特殊肥料（车厂出售之修马掌、骡掌的角质碎片）。到了夏初，则荷叶突出，荷花挺现，不及池塘里的高大，但亦丰腴可喜。清晨露尚未晞，露珠在荷叶上滚来滚去。静看荷花展瓣，瓣上有细致的纹路，花心露出淡黄的花蕊和秀嫩的莲房，有一股说不出的纯洁之致。而微风过处，茎细而圆大的荷叶，微微摇晃，婀娜多姿，尤为动人。陈造《早夏》诗：“凉荷高叶碧田田。”画家写风竹，枝叶披拂，令人如闻风飕飕声，但我尚未见有人画出饶有动态的风荷。

先君甚爱种荷。晨起辄徘徊荷盆间，计数其当日开放之花朵，低吟慢唱，自得其乐。记得有一次折下一枝半开的红莲插入一只仿古蟹爪纹细长素白的胆瓶里，送到书房几上。塾师援笔在瓶上写了“出淤泥而不染，濯清涟而不妖”几个大字，犹如俗匠在白瓷壶上题“一片冰心”一般。“花如解语还多事”，何况是陈腐的题句？欲其雅，适得其反。

近闻有人提议定莲花为花莲的县花。广植莲花，未尝不好，锡以封号，似可不必。

五、辛夷

辛夷，属木兰科，名称很多，一名新雉，又名木笔，因其花未开时形如毛笔。又名侯桃，因其花苞如小桃，有茸毛。辛夷南北皆有之。王维辋川别墅中即有一处名辛夷坞，有诗为证：“木末芙蓉花，山中发红萼。涧户寂无人，纷纷开且落。”北平颐和园的正殿之前有两棵辛夷，花开极盛，但我一向不曾在花时游览，仅于画谱中略识其面貌。蜀中花事夙盛，大街小巷辄有花户设摊贩花。民国二十八年春，我在重庆，一日踱出中国旅行社招待所，于路隅花摊购得辛夷一大枝，花苞累累有百数十朵，有如杈枝繁多之蜡烛台，向逆旅主人乞得大花瓶一只，注满清水，插花入瓶，置于梳妆台上，台三面有镜，回光交映，一室生春。

辛夷有紫红、纯白两种，纯白者才是名副其实的木笔。而且真像是毛笔头，溜尖溜尖的一个个的笔直地矗立在枝上。细小者如小楷兔毫，稍大者如寸楷羊毫，更大如小型羊毫抓笔。著花时不生叶，赭色枝头遍括白笔头，纯洁无疵，蔚为奇观。花开六瓣，瓣厚而实，晨展而夕收，插瓶六七日始谢尽。北碚后山公园有辛夷数十本，高约二丈，红白相间，非常绚烂，我于偕友登小丘时无意中发现之。其处鲜有人去观赏，花开花谢，狼藉委地，没有人管。

美国西雅图市，家家户前芳草如茵，莳花种树，一若争奇斗艳。于篱落间偶然亦可见有辛夷杂于其内。率皆修剪其枝干不令过高。我的寄寓之所，院内也有一棵，而且是不落叶的那一种，一年四季都有绿叶，花开时也有绿叶扶持，比较难于培植，但是花香特别浓郁。有一次我发现一只肥肥大大的蜜蜂卧在花心旁边，近视之则早已僵死。杜工部句："不是爱花即欲死，只恐花尽老相催。"这只蜜蜂莫非是爱花即欲死？

来到台湾，我尚未见过辛夷。

六、水仙

岁朝清供，少不得水仙。记得小时候，一到新春，家人就把大大小小的瓷钵搬了出来，连同里面盛着的小圆石子一起洗刷干净，然后一钵钵地把水仙的鳞茎栽植其中，用石子稳定其根须，注以清水，置诸案头。那些小圆石子，色洁白，或椭圆，或略扁，或大或小，据说是产自南京的雨花台。多少年下来，雨花台的石子被人捡光了，所以家藏的几钵石子就很宝贵，好像比水仙还更被珍惜。为了点缀色彩，石子中间还撒上一些碎珊瑚，红白相间，别有情趣。

水仙一花六瓣，作白色，花心副瓣，作黄色，宛然盏样，故有“金盏银台”之称。它怕冷，它要阳光。我们把它放在窗内有阳光处去晒它，它很快地展瓣盛开。天天搬来搬去，天天换水，要小心地伺候它。它有袭人的幽香，它有淡雅的风致。虽是多年生草本，但北地苦寒难以过冬，不数日花开花谢，只得委弃。盛产水仙之地在闽南，其地有专家培植修割，及春则运销各地供人欣赏。英国 17 世纪诗人赫立克（Herrick）看了水仙（narcissus）辄有春光易老之叹，他说：

> 人生苦短，和你一样，
> 我们的春天一样的短；
> 很快地长成，面临死亡，
> 和你，和一切，没有两般。

> We have short time to stay, as you,

We have as short a spring;

As quick a growth to meet decay,

As you, or anything.

西方的水仙，和我们的品种略异，形色完全一样，而花朵特大，唯香气则远逊。他们不在盆里供养，而是在湖边泽地任其一大片一大片地自由滋生。诗人华兹华斯有一首名诗《我孤独地漂荡，像一朵云》，歌咏的就是水边瞥见成千成万朵的水仙花，迎风据展，引发诗人一片欢愉之情而不能自已，而他最大的快乐是日后寂寞之时回想当时情景益觉趣味无穷。我没有到过英国的湖区，但是我在美洲若干公园里看见过成片的水仙，仿佛可以领略到华兹华斯当年的感受。不过西方人喜欢看大片的花丛，我们的文人雅士则宁可一株、一枝、一花、一叶地细细观赏，黄山谷所云“坐对真成被花恼”，情调完全不同。(《离骚》“即滋兰之九畹兮，又树蕙之百亩”，我想是想象之词，不可能真有其事。)

在台湾，几乎家家户户有水仙点缀春景。植水仙之器皿，花样翻新，奇形怪状，似不如旧时瓷钵之古朴可爱，至于粗糙碎石块代替小圆石，那就更无足论了。

七、丁香

提起丁香，就想起杜甫一首小诗：

丁香体柔弱，乱结枝犹垫。
细叶带浮毛，疏花披素艳。
深栽小斋后，庶使幽人占。
晚堕兰麝中，休怀粉身念。

这是他的《江头五咏》之一，见到江畔丁香发此咏叹。时在宝应元年。诗中的“垫”字费解。仇注根据说文，“垫，下也。凡物之下坠皆可云垫。”好像是说丁香枝弱，故此下坠。施鸿保《读杜诗说》：“下堕义，与犹字不合。今人常语衬垫，若训作衬，则谓子结枝上，犹衬垫也。”施说有见地。末两句意义嫌晦，大概是说丁香可制为香料，与兰麝同一归宿，未可视为粉身碎骨之厄。仇注认为是寓意“身名隳于脱节”，《杜臆》亦谓“公之咏物，俱有为而发，非就物赋物者。……丁香体虽柔弱，气却馨香，终与兰麝为偶，虽粉身甘之，此守死善道者。”似皆失之迂。

丁香结就是丁香蕾，形如钉，长三四分，故云丁香。北地俗人以为丁钉同音，出出入入地碰钉子，不吉利，所以正院堂前很少种丁香，只合“深栽小斋后”了。民国二十四年春我在北平寓所西跨院里种了四棵紫丁香。“白菡萏香，紫丁香肥。”丁香要紫的。起初只有三四尺高。十年后重来旧居，四棵高大的丁香打成一片，一半翻过了墙垂到邻家，一半斜坠下来挡住我从卧室走到书房的路。这跨院是我的小天地，除了一条铺砖的路和一个石儿，两个石墩之外，本来别无长物，如今三分之二的空间付与了丁香。春暖花开的时候招蜂引蝶，满院香气四溢，尽是嘤嘤嗡嗡之声。又隔三十年，现在丁香如果无恙，不知谁是赏花人了。

八、兰

兰花品种繁多。所谓洋兰（卡特丽亚），顾名思义是外国来的品种，尽管花朵大，色彩鲜艳，我总觉得我们应该视如外宾，不但不可亵玩，而且不耐长久观赏。我们看一朵花，还要顾及它在我们文化历史上的渊源，这样才能引起较深的情愫。看花要如遇故人，多少旧事一齐兜上心来。在台湾，洋兰却大行其道，花展中姹紫嫣红，大半是洋兰的天下，态浓意远的丽人出入“贵宾室”中，衣襟上佩戴的也多半是洋兰。我喜欢品赏的是我们中国的兰。

我是北方人，小时不曾见过兰。只从芥子园画谱上学得东一撇西一撇的画成为一个凤眼，然后再加一笔破凤眼。稍长，友人从福建捧着一盆兰花到北平，不但真的是捧着，而且给兰花特制一个木条笼子，避免沿途磕碰。我这才真个的见到了兰，素心兰。

这个名字就雅，令人想起陶诗的句子“闻多素心人，乐与数晨夕”。花心是素的，花瓣也是素的，素白之中微泛一点绿意。面对素心兰，不禁联想到“弱不好弄，长实素心”的高士。兰的香味不得馥郁，是若有若无的缕缕幽香。讲到品格，兰的地位极高。我们常说“桂馥兰薰”，其实桂香太甜太浓，尚不能与兰相比。

来到台湾，我大开眼界。友人中颇有几位善于艺兰，所以我的窗前几上，有时候叨光也居然兰蕊驰馨。尝有客款扉，足尚未入户，就大叫起来：“君家有素心兰耶？”这位朋友也是素心人，我后来给送去一盆素心兰。我所有的几盆兰，不数年分植为数十盆，乃于后院墙角搭起一丈见方的小棚，用疏隔的竹篾遮覆以避骄阳直晒，竹篾上面加铺玻璃以防淫雨，因此还招致了“违章建筑”的罪名，几乎被报请拆除。竹篾上的玻璃引起了墙外行人的注意，不久就有半大不小的各色人物用砖石投掷，大概是因为玻璃破碎之声清脆悦耳之故。小棚因此没有能持久，跟着我的数十盆兰花也渐渐地支离破碎了。和我望衡对宇的是胡伟克先生，我发现他家里廊上、阶前、墙头、树下，到处都是兰花，大部分是洋兰，素心兰也有，而且他一间宽大的温室，里面也堆满了兰花。胡先生有一只工作台子，上面放着显微镜，他用科学方法为兰花品种做新的交配，使兰花长得更肥，色泽更为鲜艳多姿。他的兰花在千盆以上。我听他的夫人抱怨：“为了这些劳什子，我的手指都磨粗了。”我经常看见一车一车盛开的兰花从他门前运走。他的家不仅是芝兰之室，真是芝兰工厂。

兰本来是来自山间，有苔藓覆根，雨露滋润，不需要什么肥料。移在盆里，它所需要的也只是适量的空气和水，盆里不可用普通的泥土，最好是用木炭、烧过的黏土、缸瓦碎片三种的混合物，取其通空气而易排水。也有人主张用砂、桂圆树皮、蛇木屑、木炭、碎石子混拌，然后每隔三个月用（NH_4）$_2SO_4$ + KCI 液羼水喷洒一次。叶子上生虫也需勤加拂拭。总之，兰来自幽谷，在案头供养是不大自然的，要小心伺候了。

九、菊

花事至菊而尽，故曰蘜，蘜是菊之本字。蘜者，尽也。“兰有秀兮菊有芳，怀佳人兮不能忘。”这是汉武帝看着时光流转，自春徂秋，由花事如锦到花事阑珊，借着秋风而发的歌咏。菊和九月的关系密切，故九月被称为菊月，或称为菊秋，重阳日或径称为菊节。是日也，饮菊花茶，设菊花宴，还可以准备睡菊花枕，百病不生，平夙饮菊潭水，可以长生到一百多岁。没有一种花比菊花和人的关系打得更火热。

自从陶渊明“采菊东篱下”之后，菊就代表一种清高的风格，生长在篱笆旁边，自然也就带着几分野趣。吕东莱的句子“短篱残菊一枝黄，正是乱山深处过重阳”，是很好的写照。经人工加意培养，菊好像是变了质。宋《乾淳岁时记》：“禁中例，于八日作重九，排当于庆瑞殿，分列万菊，灿然炫眼，且点菊灯，略如元夕。”这是在殿堂之上开菊展，当然又是一种情况。

菊是多年生草本，摘下幼枝插在土里就活。曩昔在北平家园中，一年之内曾蕃植数十盆，竟以秽恶之粪土培养之，深觉戚戚然于心未安。幼苗长大之后，枝弱不能挺立，则树细竹竿或秫秸以为支撑，并标以红纸签，写上“绿云”“紫玉”“蟹爪”“小白梨”……奇奇怪怪的名称。一盆一盆地放在“兔儿爷摊子”上（一排比一排高的梯形架），看上去一片花朵，闹则闹矣，但是哪能令人想到一丝一毫的“元亮遗风”？

台湾艺菊之风很盛，但是似乎不取其清瘦，而爱其痴肥。每一盆菊都修剪成独花孤挺，叶子的正面反面经常喷药，讲究从根到顶每片叶子都是肥大绿光，顶上的一朵花盛开时直像是特大的馒头一个，胖胖大大的，需要铁丝做盘撑托着它。千篇一律，朵朵如此。当然是很富态相。“帘卷西风，人比黄花瘦”，那时的黄花，一定不像如今的这样肥。

十、玫瑰

玫瑰，属蔷薇科。唐朝有一位徐夤，作过一首咏玫瑰的诗：

芳菲移自越王台，最似蔷薇好并栽。

秾艳尽怜胜彩绘，嘉名谁赠作玫瑰？

春藏锦绣风吹折，天染琼瑶日照开。

为报朱衣早邀客，莫教零落委苍苔。

诗不见佳，但是让我们知道在唐朝玫瑰即已成了吟咏的对象。《群芳谱》说：“花亦类蔷薇，色淡紫，青橐黄蕊，瓣末白，娇艳芬馥，有香有色，堪入茶、入酒、入蜜。”这玫瑰，是我们固有品种的玫瑰，花朵小，红得发紫，香味特浓。可以薰茶，可以调酒（玫瑰露），可以做蜜汁（玫瑰木樨）。娇小玲珑，惹人怜爱。玫瑰多刺，被人视若蛇蝎，其实玫瑰何辜，它本不预备供人采摘。《三十客》列玫瑰为“刺客”，也是冤枉的。

外国的蔷薇品种不一，亦统称为玫瑰。常见有高至五六尺以上者，俨然成一小树，花朵肥大，除了深绯、浅红者外，还有黄色的，别有风致。也有蔓生的一种，沿着篱笆墙壁伸展，可达一两丈外。白色的尤为盛旺。我有朋友蛰居台中，莳花自遣，曾贻我海外优良品种之玫瑰数本，我悉心培护，施以舶来之“玫瑰食粮”，果然绰约妩媚不同凡响，不过气候、土壤皆不相宜，越年逐渐凋萎。园林有玫瑰专家，我曾专诚探访，畦圃广阔，洋洋大观，唯几乎全是外来品种，绚烂有余，韵味不足。求其能入茶、入酒、入蜜者，竟不可得，乃废然返。

辑三 食一碗烟火，偷半日浮闲

美食者不必是饕餮客。
所谓“花看半开，酒饮微醺”的趣味，
才是最令人低回的境界。

吃

据说饮食男女是人之大欲，所以我们既生而为人，也就不能免俗。然而讲究起吃来，这其中有艺术，又有科学；要天才，还要经验，尽毕生之力恐怕未必能穷其奥妙。听说美国哥伦比亚大学师范学院（就是杜威、克伯屈的讲学之所），就有好几门专研究吃的学科。甚笑哉，吃之难也！

我们中国人讲究吃，是世界第一。此非一人之言也，天下人之言也。随便哪位厨师，手艺都不在杜威、克伯屈的高足之下。然而一般中国人之最善于吃者，莫过于北京的旗人。从前旗人，坐享钱粮，整天闲着，便在吃上用功，现在旗人虽多中落，而吃风尚未尽泯。四个铜板的肉，两个铜板的油，在这小小的范围之内，他能设法调度，吃出一个道理来。富庶的人，更不必说了。

单讲究吃得精，不算本事。我们中国人外带着肚量大。一桌酒席，可以连上一二十道菜，甜的、咸的、酸的、辣的，吃在肚里，五味调和。饱餐之后，一个个的吃得头部发沉，步履维艰。不吃到这个程度，便算是没有吃饱。

荀子曰："无廉耻而嗜乎饮食，则可谓恶少者矣。"我们中国人，接近恶少者恐怕就不在少数。

馋

馋，在英文里找不到一个十分适当的字。罗马暴君尼禄，以至于英国的亨利八世，在大宴群臣的时候，常见其撕下一根根又粗又壮的鸡腿，举起来大嚼，旁若无人，好一副饕餮相！但那不是馋。埃及废王法鲁克，据说每天早餐一口气吃二十个荷包蛋，也不是馋，只是放肆，只是没有吃相。对某一种食物有所偏好，于是大量地吃，这是贪多无厌。馋，则着重在食物的质，最需要满足的是品味。上天生人，在他嘴里安放一条舌，舌上还有无数的味蕾，教人焉得不馋？馋，基于生理的要求；也可以发展成为近于艺术的趣味。

也许我们中国人特别馋一些，“馋”字从食，“毚”声。“毚”音“馋”，本义是狡兔，善于奔走，人为了口腹之欲，不惜多方奔走以膏馋吻，所谓“为了一张嘴，跑断两条腿”。真正的馋人，为了吃，绝不懒。我有一位亲戚，属汉军旗，又穷又馋。一日傍晚，大风雪，老头子缩头缩脑偎着小煤炉子取暖。他的儿子下班回家，顺路市得四只鸭梨，以一只奉其父。父得梨，大喜，当即啃了半只，随后就披衣戴帽，拿着一只小碗，冲出门外，在风雪交加中不见了人影。他的儿子只听得大门哐啷一声响，追已无及。越一小时，老头子托着小碗回来了，原来他是要吃温梓拌梨丝！从前酒席，一上来就是四干、四鲜、四蜜饯，温梓、鸭梨是现成的，饭后一盘温梓拌梨丝别有风味（没有鸭梨的时候白菜心也能代替）。这老头子吃剩半个梨，突然想起此味，乃不惜于风雪之中奔走一小时。这就是馋。

人之最馋的时候是在想吃一样东西而又不可得的那一段期间。希腊神话中之谭塔勒期，水深及颚而不得饮，果实当前而不得食，饿火中烧，痛苦万状，他的感觉不是馋，是求生不成求死不得。馋没有这样的严重。人之犯馋，是在饱暖之余，眼看着、回想起或是谈论到某一美味，喉头像是有馋虫搔抓作痒，只好干咽唾沫。一旦得遂所愿，恣情享受，浑身通泰。抗战七八年，我在后方，真想吃故都的食物，人就是这个样子，对于家乡风味总是念念不忘，其实“千里莼羹，未下盐豉”也不见得像传说的那样迷人。我曾痴想北平羊头肉的风味，想了七八年；胜利还乡之后，一个冬夜，听得深巷卖羊头肉小贩的吆喝声，立即从被窝里爬出来，把小贩唤进门洞，我坐在懒凳上看着他于暗淡的油灯照明之下，抽出一把雪亮的薄刀，横着刀刃片羊脸子，片得飞薄，然后取出一只蒙着纱布的羊角，撒上一些椒盐。我托着一盘羊头肉，重新钻进被窝，在枕上一片一片地将羊头肉放进嘴里，不知不觉地进入了睡乡，十分满足地解了馋瘾。但是，老实讲，滋味虽好，总不及在痴想时所想象的香。我小时候，早晨跟我哥哥步行到大鹁鸽市陶氏学堂上学，校门口有个小吃摊贩，切下一片片的东西放在碟子上，洒上红糖汁、玫瑰木樨，淡紫色，样子实在令人馋涎欲滴。走近看，知道是糯米藕。一问价钱，要四个铜板，而我们早点费每天只有两个铜板。我们当下决定，饿一天，明天就可以一尝异味。所付代价太大，所以也不能常吃。糯米藕一直在我心中留下了不可磨灭的印象。后来成家立业，想吃糯米藕不费吹灰之力，餐馆里有时也有供应，不过浅尝辄止，不复有当年之馋。

馋与阶级无关。豪富人家，日食万钱，犹云无下箸处，是因为他这种所谓饮食之人放纵过度，连馋的本能和机会都被剥夺了，他不是不馋，也不是太馋，他麻木了，所以他就要千方百计地在食物方面寻求新的材料、新的刺激。我有一位朋友，湖南桂东县人，他那偏僻小县却因乳猪而著名，他告我说每年某巨公派人前去采购乳猪，搭飞机运走，充实他的郇厨。烤乳猪，何地无之？何必远求？我还记得有人治寿筵，客有专诚献“烤方”者，选尺余见方的细皮嫩肉的猪臂一整块，用铁钩挂在架上，以炭火燔炙，时而武火，时而文火，烤数小时而皮焦肉熟。上桌时，先是一盘脆皮，随后是大薄片的白肉，其味绝美，与广东的烤猪或北平的炉肉风味不同，使得一桌的珍馐相形见绌。可见天下之口有同嗜，普通的一块上好的猪肉，苟处理得法，即快朵颐。像《世说新语》

所谓，王武子家的蒸豚，乃是以人乳喂养的，实在觉得多此一举，怪不得魏武未终席而去。人是肉食动物，不必等到“七十者可以食肉矣”，平素有一些肉类佐餐，也就可以满足了。

北平人馋，可是也没听说有谁真个馋死，或是为了馋而倾家荡产。大抵好吃的东西都有个季节，逢时按节地享受一番，会因自然调节而不逾矩。开春吃春饼，随后黄花鱼上市，紧接着大头鱼也来了，恰巧这时候后院花椒树发芽，正好掐下来烹鱼。鱼季过后，青蛤当令。紫藤花开，吃藤萝饼；玫瑰花开，吃玫瑰饼；还有枣泥大花糕。到了夏季，“老鸡头才上河哟”，紧接着是菱角、莲蓬、藕、豌豆糕、驴打滚、艾窝窝，一起出现。席上常见水晶肘，坊间唱卖烧羊肉，这时候嫩黄瓜、新蒜头应时而至。秋风一起，先闻到糖炒栗子的气味，然后就是炰烤涮羊肉，还有七尖八团的大螃蟹。“老婆老婆你别馋，过了腊八就是年。”过年前后，食物的丰盛就更不必细说了。一年四季地馋，周而复始地吃。

馋非罪，反而是胃口好、健康的现象，比食而不知其味要好得多。

芙蓉鸡片

在北平，芙蓉鸡片是东兴楼的拿手菜。请先说说东兴楼。东兴楼在东华门大街路北，名为楼，其实是平房，三进又两个跨院，房子不算大，可是间架特高，简直不成比例，据说其间还有个故事。当初兴建的时候，一切木料都已购妥，原是预备建筑楼房的，经人指点，靠近皇城根儿盖楼房有窥视大内的嫌疑，罪不在小，于是利用已有的木材改造平房，间架特高了。据说东兴楼的厨师来自御膳房，所以烹调颇有一手，这已不可考。其手艺属于烟台一派，格调很高。在北京山东馆子里，东兴楼无疑的当首屈一指。

一九二六年夏，时昭瀛自美国回来，要设筵邀请同学一叙，央我提调，我即建议席设东兴楼。彼时燕翅席一桌不过十六元，小学教师月薪仅三十余元，昭瀛坚持要三十元一桌。我到东兴楼吃饭，顺便订席。柜上闻言一惊，曰："十六元足矣，何必多费？"我不听。开筵之日，珍错杂陈，丰美自不待言。最满意者，其酒特佳。我吩咐茶房打电话到长发叫酒，茶房说不必了，柜上已经备好。原来柜上藏有花雕埋在地下已逾十年，取出一坛，羼以新酒，斟在大口浅底的细瓷酒碗里，色泽光润，醇香扑鼻，生平品酒此为第一。似此佳酿，酒店所无。而其开价并不特昂，专为留待嘉宾。当年北京大馆风范如此。预宴者吴文藻、谢冰心、瞿菊农、谢奋程、孙国华等。

北平饭馆跑堂都是训练有素的老手。剥蒜剥葱剥虾仁的小利巴，熬到独当一面的跑堂，至少要到三十岁左右的光景。对待客人，亲切周到而有分寸。在这一方面东兴楼规矩特严。我幼时侍先君饮于东兴楼，因上菜稍慢，我用牙箸在盘碗的沿上轻轻敲了叮当两响，先君急止我曰："千万不可敲盘碗作响，这是外乡客粗鲁的表现。你可以高声喊人，但是敲盘碗表示你要掀桌子。在这里，若是被柜上听到，就会立刻有人出面赔不是，而且那位当值的跑堂就要卷铺盖，真个地卷铺盖，有人把门帘高高掀起，让你亲见那个跑堂扛着铺盖卷儿从你门前急驰而过。不过这是表演性质，等一下他会从后门又转回来的。"跑堂待客要殷勤，客也要有相当的风度。

现在说到芙蓉鸡片。芙蓉大概是蛋白的意思，原因不明，"芙蓉虾仁""芙蓉干贝""芙蓉青蛤"皆曰芙蓉，料想是忌讳蛋字。取鸡胸肉，细切细斩，使成泥。然后以蛋白搅和之，搅到融和成为一体，略无渣滓，入温油锅中摊成一片片状。片要大而薄，薄而不碎，熟而不焦。起锅时加嫩豆苗数茎，取其翠绿之色以为点缀。如洒上数滴鸡油，亦甚佳妙。制作过程简单，但是在火候上恰到好处则见功夫。东兴楼的菜概用中小盘，菜仅盖满碟心，与湘菜馆之长箸大盘迥异其趣。或病其量过小，殊不知美食者不必是饕餮客。

抗战期间，东兴楼被日寇盘踞为队部。胜利后我返回故都，据闻东兴楼移帅府园营业，访问之后大失所望。盖已名存实亡，无复当年手艺。菜用大盘，粗劣庸俗。

菜包

华北的大白菜堪称一绝。山东的黄芽白销行江南一带。我有一家亲戚住在哈尔滨，其地苦寒，蔬菜不易得，每逢阴历年请人带去大白菜数头，他们如获至宝。在北平，白菜一年四季无缺，到了冬初便有推小车子的小贩，一车车的白菜沿街叫卖。普通人家都是整车的买，留置过冬。夏天是白菜最好的季节，吃法太多了，炒白菜丝、栗子烧白菜、熬白菜、腌白菜，怎样吃都好。但是我最欣赏的是菜包。

取一头大白菜，择其比较肥大者，一层层地剥，剥到最后只剩一个菜心。每片叶子上一半作圆弧形，下一半白菜帮子酌量切去。弧形菜叶洗净待用。准备几样东西：

一、蒜泥拌酱一小碗。

二、炒麻豆腐一盘。麻豆腐是绿豆制粉丝剩下来的渣子，发酵后微酸，作灰绿色。此物他处不易得。用羊尾巴油炒最好，加上一把青豆更好。炒出来像是一摊烂稀泥。

三、切小肚儿丁一盘。小肚儿是猪尿泡灌猪血芡粉煮成的，作粉红色，加大量的松子在内，有异香。酱肘子铺有卖。

四、炒豆腐松。炒豆腐成碎屑，像炒鸽松那个样子，起锅时大量加葱花。

五、炒白菜丝，要炒烂。

取热饭一碗，要小碗饭大碗盛。把蒜酱抹在菜叶的里面，要抹匀。把麻豆腐、小肚儿、豆腐松、炒白菜丝一起拌在饭碗里，要拌匀。把这碗饭取出一部分放在菜叶里，包起来，双手捧着咬而食之。吃完一个再吃一个，吃得满脸满手都是菜汁饭粒，痛快淋漓。

据一位旗人说这是满族人吃法，缘昔行军时沿途取出菜叶包剩菜而食之。但此法一行，无不称妙。我曾数度以此待客，皆赞不绝口。

干贝

干贝应作乾贝，正式名称是江珧柱，亦作江瑶柱。“瑶”亦作“鰩”。一般简写都作干贝了。

干贝是贝属，也就是蚌的一类。软体动物有两片贝壳，薄而大。司贝壳启闭的肉柱有二，一在壳之中央，比较粗大，在前方者较小。这肉柱取下晒干便是干贝。

新鲜的江瑶柱，我在大陆没有吃过。在美国东西海岸的海鲜店里，炸江瑶柱是普通的食品之一。美国人吃法简单，许是只会油炸。油炸江瑶柱，块头相当大，裹以面糊，炸得焦焦黄黄的，也很可口。嫩嫩的，不似我们的干贝之愈咀嚼愈有味。

江瑶柱产在何处，我不知道。陆游《老学庵笔记》：“明州江瑶柱有两种，大者江瑶，小者沙瑶，可种，逾年则成江瑶矣。”明州在今之浙江省。是不是浙江乃产江瑶柱的地方之一？

苏东坡《四月十一日初食荔枝》诗：“似闻江鰩斫玉柱，更喜河豚烹腹腴。”有注：“予尝谓，荔枝厚味高格两绝，果中无比，惟江瑶柱河豚鱼近之耳。”看这位老饕，“吃一看二眼观三”，有荔枝吃，还想到江瑶柱与河豚鱼！他所说的似是新鲜的江瑶柱，不是干贝。

干贝的吃法很多。因是干货，须先发开。用水发不如用黄酒发。最好头一天发，可以发得透。大的干贝好看，但不一定比小的好吃。小的干贝往往味醇而浓。普通的吃法如“干贝萝卜球”，削萝卜球太费事，自己家里做，切条就可以了。“干贝烧菜心”是分别把菜心和干贝烧好，然后和在一起加热勾芡。“芙蓉干贝”是蒸好一碗蛋羹然后把干贝放在上面再蒸，不过发干贝的汤不拘是水是酒要打在蛋里。以上三种吃法，都要把干贝撕碎。其实整个的干贝，如果烧得透，岂不更好？只是多破费一些罢了。我母亲做干贝，拣其大小适度而匀称者，垫以火腿片、冬笋片，及两寸来长的大干虾米若干个，装在一大碗里，注入上好绍兴酒，上笼屉蒸两小时，其味之美无可形容。

鲍鱼

鲍鱼的原义是臭腌鱼。《史记·秦始皇本纪》:“会暑，上辒车臭，乃诏从官，令车载一石鲍鱼，以乱其臭。”就是以鲍鱼掩盖尸臭的意思。我现在所要谈的不是这个鲍鱼。

鲍鱼是石决明的俗称。亦称为鳆鱼。鳆实非鱼，乃有介壳之软体动物，常吸着于海水中的礁石之上，赖食藻类为生。壳之外缘有呼吸孔若干列成一排。我们此地所谓“九孔”就是鲍鱼一类。

从前人所谓“如入鲍鱼之肆”，形容其臭不可闻，今则提起鲍鱼无不赏其味美。新鲜的九孔，海鲜店到处有售，其味之鲜美在蚌类之中独树一帜。但是比起晒干了的广东之紫鲍，以及装了罐头的熟鲍鱼，尚不能同日而语。新鲜鲍鱼嫩而香，制炼过的鲍鱼味较厚而醇。

广东烹调一向以红烧鱼翅及红烧鲍脯为号召，确有其独到之处。紫鲍块头很大，厚而结实，拿在手里沉甸甸的。烹制之后，虽然仍有韧性，但滋味非凡，比吃熊掌要好得多。我认识一位广东侨生，带有一些紫鲍，他患癌不治，临终以其所藏剩余之鲍鱼见贻，我睹物伤逝，不忍食之，弃置冰箱经年，终于清理旧物，不得已而试烹制之。也许是发得不好，也许是火候不对，结果是勉强下咽，糟蹋了东西。可见烹饪一道非利巴所能为。

罐头的鲍鱼，以我所知有日本的和墨西哥的两种，各有千秋。日本的鲍鱼个头小些，颜色淡些，一罐可能有三五个还不止。质地较为细嫩。墨西哥的罐头在美国畅销，品质不齐，有人在标签上可以看出货色的高低，想来是有人粗制滥造冒用名牌。

罐头鲍鱼是熟的，切成薄片是一道上好的冷荤，若是配上罐头龙须菜，便是绝妙的一道双拼。有人好喜欢吃鲍鱼，能迫不及待地打开罐头就用叉子取出一块举着啃，像吃玉米棒子似的一口一口地啃！

鲍鱼切成细丝，加芫荽菜梗，入锅爆炒，是下酒的一道好菜。

鲍鱼切成丁，比骰子稍大一点的丁，加虾子烩成羹，下酒送饭兼宜。

但是我吃鲍鱼最得意的是一碗鲍鱼面。有一年冬天我游沈阳，下榻友人家。我有凌晨即起的习惯，见其厨师老王伏枕呻吟不胜其苦，问其故，知是胃痛，我乃投以随身携带的苏打片，痛立止。老王感激涕零，无以为报，立刻翻身而起，给我煮了一大碗面做早点，仓促间找不到做面的浇头，在主人柜橱里摸索出一罐主人舍不得吃的鲍鱼，不由分说打开罐头把一整罐鲍鱼切成细丝，连原汁一起倒进锅里，煮出上尖的一大碗鲍鱼面。这是我一生没有过的豪举，用两片苏打换来一罐鲍鱼煮一碗面！主人起来，只闻得异香满室，后来廉得其情，也只好徒呼负负。

笋

我们中国人好吃竹笋。《诗·大雅·韩奕》:“其蔌维何，维笋及蒲。”可见自古以来，就视竹笋为上好的蔬菜。唐朝还有专员管理植竹,《唐书·百官志》:“司竹监掌植竹笋，岁以笋供尚食。”到了宋朝的苏东坡，初到黄州立刻就吟出“长江绕郭知鱼美，好竹连山觉笋香”之句,后来传诵一时的“无竹令人俗,无肉使人瘦。若要不俗也不瘦，餐餐笋煮肉”更是明白表示笋是餐餐所不可少的。不但人爱吃笋，熊猫也非吃竹枝竹叶不可，竹林若是开了花，熊猫如不迁徙便会饿死。

笋，竹萌也。竹类非一，生笋的季节亦异，所以笋也有不同种类。苦竹之笋当然味苦，但是苦的程度不同。太苦的笋难以入口，微苦则亦别有风味，如食苦瓜、苦菜、苦酒，并不嫌其味苦。苦笋先煮一过，可以稍减苦味。苏东坡是吃笋专家，他不排斥苦笋，有句云:“久抛松菊犹细事，苦笋江豚那忍说?”他对苦笋还念念不忘呢。黄鲁直曾调侃他："公如端为苦笋归，明日春衫诚可脱。"为了吃苦笋，连官都可以不做。我们在台湾夏季所吃到的鲜笋，非常脆嫩，有时候不善挑选的人也会买到微带苦味的。好像从笋的外表形状就可以知道其是否苦笋。

春笋不但细嫩清脆，而且样子也漂亮。细细长长的，洁白光润，没有一点瑕疵。春雨之后，竹笋骤发，水分充足，纤维特细。古人形容妇女手指之美常曰春笋。"秋波浅浅银灯下，春笋纤纤玉镜前。"（《剪灯余话》）这比喻不算夸张，你若是没见过春笋一般的手指，那是你所见不广。春笋怎样做都好，煎炒煨炖，无不佳妙。油焖笋非春笋不可，而春笋季节不长，故罐头油焖笋一向颇受欢迎，唯近制多粗制滥造耳。

冬笋最美。杜甫《发秦州》："密竹复冬笋"，好像是他一路挖冬笋吃。冬笋不生在地面，冬天是藏在土里，需要掘出来。因其深藏不露，所以质地细密。北方竹子少，冬笋是外来的，相当贵重。在北平馆子里叫一盘"炒二冬"（冬笋冬菇）就算是好菜。东兴楼的"虾子烧冬笋"，春华楼的"火腿煨冬笋"，都是名菜。过年的时候，若是以一蒲包的冬笋一蒲包的黄瓜送人，这份礼不轻，而且也投老饕之所好。我从小最爱吃的一道菜，就是冬笋炒肉丝，加一点韭黄木耳，临起锅浇一勺绍兴酒，认为那是无上妙品——但是一定要我母亲亲自掌勺。

笋尖也是好东西，杭州的最好。在北平有时候深巷里发出跑单帮的杭州来的小贩叫卖声，他背负大竹筐，有小竹篓的笋尖兜售。他的笋尖是比较新鲜的，所以还有些软。肉丝炒笋尖很有味，羼在素什锦或烤麸之类里面也好，甚至以笋尖烧豆腐也别有风味。笋尖之外还有所谓“素火腿”者，是大片的制炼过的干笋，黑黑的，可以当作零食啃。

究竟笋是越新鲜越好。有一年我随舅氏游西湖，在灵隐寺前面的一家餐馆进膳，是素菜馆，但是一盘冬菇烧笋真是做得出神入化，主要的是因为笋新鲜。前些年一位朋友避暑上狮头山住最高处一尼庵，贻书给我说：“山居多佳趣，每日素斋有新砍之笋，味绝鲜美，盍来共尝？”我没去，至今引以为憾。

关于冬笋，台南陆国基先生赐书有所补正，他说：“‘冬笋不生在地面，冬天是藏在土里’这两句话若改作‘冬笋是生长在土里’，较为简明。兹将冬笋生长过程略述于后。我们常吃的冬笋为孟宗竹笋（台湾建屋搭鹰架用竹），是笋中较好吃的一种，隔年初秋，从地下茎上发芽，慢慢生长，至冬天已可挖吃。竹的地下茎，在土中深浅不一，离地面约十公分所生竹笋，其尖（芽）端已露出土壤，笋箨呈青绿。离地表面约尺许所生竹笋，冬天尚未露出土表，观地面隆起，布有新细缝者，即为竹笋所在。用锄挖出，笋箨淡黄。若离地面一尺以下所生竹笋，地面表无迹象，殊难找着。要是掘笋老手，观竹枝开展，则知地下茎方向，亦可挖到竹笋。至春暖花开，雨水充足，深土中竹笋迅速伸出地面，即称春笋。实际冬笋春笋原为一物，只是出土有先后，季节不同。所有竹笋未出地面都较好吃，非独孟宗竹为然。”附此致谢。

八宝饭

席终一道甜菜八宝饭通常是广受欢迎的，不过够标准的不多见。其实做法简单，只有一个秘诀——不惜工本。

八宝饭主要的是糯米。糯米要烂，越烂越好，而糯米不易蒸烂。所以事先要把糯米煮过，至少要煮成八分烂。这是至关重要的一点。

所谓八宝并没有一定。莲子是不可少的。莲子也不易烂，有的莲子永远也烂不了，所以要选容易烂的莲子，也要事先煮得八分烂。莲子不妨多。

桂圆肉不可或缺。台湾盛产桂圆，且有剥好了的桂圆肉可买。

美国的葡萄干，白的红的都可以用，兼备两种更好。

银杏，即白果，剥了皮，煮一下，去其苦味。

红枣可以用，不宜多，因为带皮带核，吐起来麻烦。美国的干李子（prune），黑黑大大的，不妨用几个。

豆沙一大碗当然要早做好。

如果有红丝青丝，作装饰也不错。

以上配料预备好，取较浅的大碗一，抹上一层油，防其粘碗。把莲子桂圆肉等一圈圈地铺在碗底，或一瓣瓣地铺在碗底，然后轻轻地放进糯米，再填入豆沙，填得平平的一大碗，上笼去蒸。蒸的时间不妨长，使碗里的东西充分松软膨胀，凝为一体。上桌的时候，取大盘一，把碗里的东西翻扣在大盘里，浇上稀释的冰糖汁，表面上再放几颗罐头的红樱桃，就更好看了。

八宝饭是甜点心，但不宜太甜，所以豆沙里糯米里不宜加糖太多。豆沙糯米里可以拌上一点猪油，但不宜多，多了太腻。

从前八宝饭上桌，先端上两小碗白水，供大家洗匙，实在恶劣。现在多是每人一份小碗小匙，体面得多。如果大盘八宝饭再备两个大羹匙，大家共用，就更好了。有人喜欢在取食之前先把八宝饭搅和一阵，像是拌搅水泥一般，也大可不必。若是舍大匙而不用，用小匙直接取食，再把小匙直接放在口里舔，那一副吃相就令人不敢恭维了。

麦当劳

麦当劳乃 McDonald's 的译音。麦，有人读如马，犹可说也。劳字胡为乎来哉？N 与 L 不分，令人听起来好别扭。

牛肉饼夹圆面包，在美国也有它的一段变迁史。一九二三年我到美国读书，穷学生一个，真是“盘飧市远无兼味”，尤其是午饭一顿，总是在校园附近一家小店吃牛肉饼夹面包，但求果腹，不计其他。所谓牛肉饼，小小的薄薄的一片碎肉，在平底锅上煎得两面微焦，取一个圆面包（所谓 bun），横剖为两片，抹上牛油，再抹上一层蛋黄酱，把牛肉饼放上去，加两小片飞薄的酸黄瓜。自己随意涂上些微酸的芥末酱。这样的东西，三口两口便吃掉，很难填饱中国人的胃，不过价钱便宜，只要一角钱。名字叫作“汉堡格尔”（Hamburger），尚无什么所谓“麦当劳”。说食无兼味，似嫌夸张，因为一个汉堡吃不饱，通常要至少找补一个三明治，三明治的花样就多了，可以有火腿、肝肠、鸡蛋等等之分，价钱也是一角。再加一杯咖啡，每餐至少要两角五，总算可以糊口了。

我不能忘记那个小店的老板娘，她独自应接顾客，老板司厨，她很俏丽泼辣，但不幸有个名副其实的狮子鼻。客人叫一份汉堡，她就高喊一声“One burger！”叫一份热狗，她就高喊一声“One dog！”

三十年后我再去美国，那个狮子鼻早已不见了，汉堡依然是流行的快餐，而且以麦当劳为其巨擘，自西徂东，无远弗届。门前一个大M字样，那就是他的招牌，他的广告语是“迄今已卖出几亿几千万个汉堡”。特大号的汉堡定名为Big Mac（大麦克），内容特别丰富，有和面包直径一样大的肉饼，而且是两片，夹在三片面包之中，里面加上生菜、番茄、德国酸菜（Sauerkraut）、牛油蛋黄酱、酸黄瓜，堆起来高高厚厚，樱桃小口很难一口咬将下去，这样的豪华汉堡当年是难以想象的，现在价在三元左右。

久住在美国的人都非万不得已不肯去吃麦当劳。我却对它颇有好感，因为它清洁、价廉、现做现卖。新鲜滚热，而且简便可口。我住在西雅图，有时家里只剩我和我的外孙在家吃午餐，自己懒得做饭，就由外孙骑脚踏车到附近一家“海尔飞”（Herfy）买三个大型肉饼面包（Hefty），外孙年轻力壮要吃两个。再加上两份炸番薯条，开一个“坎白尔汤”罐头，一顿午餐十分完美。不一定要“麦当劳”。

在美国平民化的食物到台湾会造成轰动，“势有必至，理有固然”。我们的烧饼、油条、豆浆，永远吃不厌，但是看看街边炸油条、打烧饼的师傅，他的装束，他的浑身上下，他的一切设备，谁敢去光顾！我附近有一家新开的以北方面食为号召的小食店，白案子照例设在门外，我亲眼看见一位师傅打着赤膊一面和面一边擤鼻涕。

在台北本来早有人制卖汉堡，我也尝试过，我的评语是略为形似，具体而微。如今真的“麦当劳”来了，焉得不轰动。我们无须侈言东西文化之异同，就此小事一端，可以窥见优胜劣败的道理。

汤包

说起玉华台，这个馆子来头不小，是东堂子胡同杨家的厨子出来经营掌勺。他的手艺高强，名作很多，所做的汤包，是故都的独门绝活。

包子算得什么，何地无之？但是风味各有不同。上海沈大成、北万馨、五芳斋所供应的早点汤包，是令人难忘的一种。包子小，小到只好一口一个，但是每个都包得俏式，小蒸笼里垫着松针（可惜松针时常是用得太久了一些），有卖相。名为汤包，实际上包子里面并没有多少汤汁，倒是外附一碗清汤，表面上浮着七条八条的蛋皮丝，有人把包子丢在汤里再吃，成了名副其实的汤包了。这种小汤包馅子固然不恶，妙处却在包子皮，半发半不发，薄厚适度，制作上颇有技巧。台北也有人仿制上海式的汤包，得其仿佛，已经很难得了。

天津包子也是远近驰名的，尤其是狗不理的字号十分响亮。

其实不一定要到狗不理去，搭平津火车一到天津西站就有一群贩卖包子的高举笼屉到车窗前，伸胳膊就可以买几个包子。包子是扁扁的，里面确有比一般为多的汤汁，汤汁中有几块碎肉葱花。有人到铺子里吃包子，才出笼的，包子里的汤汁曾有烫了脊背的故事，因为包子咬破，汤汁外溢，流到手掌上，一举手乃顺着胳膊流到脊背。不知道是否真有其事，不过天津包子确是汤汁多，吃的时候要小心，不烫到自己的脊背，至少可以溅到同桌食客的脸上。相传的一个笑话：两个不相识的人据一张桌子吃包子，其中一位一口咬下去，包子里的一股汤汁直飙过去，把对面客人喷了个满脸花。肇事的这一位并未觉察，低头猛吃。对面那一位很沉得住气，不动声色。堂倌在一旁看不下去，赶快拧了一个热手巾把送了过去，客徐曰："不忙，他还有两个包子没吃完哩。"

玉华台的汤包才是真正的含着一汪子汤。一笼屉里放七八个包子，连笼屉上桌，热气腾腾，包子底下垫着一块蒸笼布，包子扁扁的塌在蒸笼布上。取食的时候要眼明手快，抓住包子的皱褶处猛然提起，包子皮骤然下坠，像是被婴儿吮瘪了的乳房一样，趁包子没有破裂赶快放进自己的碟中，轻轻咬破包子皮，把其中的汤汁吸饮下肚，然后再吃包子的空皮。没有经验的人，看着笼里的包子，又怕烫手，又怕弄破包子皮，犹犹豫豫，结果大概是皮破汤流，一塌糊涂。有时候堂倌代为抓取。其实吃这种包子，其乐趣一大部分就在那一抓一吸之间。包子皮是烫面的，比烫面饺的面还要稍硬一点，否则包不住汤。那汤原是肉汁冻子，打进肉皮一起煮成的，所以才能凝结成为包子馅。汤里面可以看得见一些碎肉渣子。这样的汤味道不会太好。我不太懂，要喝汤为什么一定要灌在包子里然后再喝。

满汉细点

北平的点心店叫作“饽饽铺”。都有一座细木雕花的门脸儿，吊着几个木牌，上面写着“满汉细点”什么的。可是饽饽都藏在里面几个大盒子、大柜子里，并不展示在外，而且也没有什么货品价格表之类的东西。进得铺内，只觉得干干净净，空空洞洞，香味扑鼻。

满汉细点，究竟何者为“满”何者为“汉”，现已分辨不清。至少从名称看来，“萨其马”该是满洲点心。我请教过满洲旗人，据告萨其马是满文的蜜甜之意，我想大概是的。这东西是油炸黄米面条，像蜜供似的，但是很细很细，加上蜜拌匀，压成扁扁的一大块，上面撒上白糖和染红了的白糖，再加上一层青丝红丝，然后切成方形的块块。很甜，很软和，但是很好吃。如今全国各处无不制售萨其马，块头太大太厚，面条太粗太硬，蜜太少，名存实亡，全不对劲。

“蜂糕”也是北平特产，有黄白两种，味道是一样的。是用糯米粉调制蒸成，呈微细蜂窝状，故名。质极松软，微黏，与甜面包大异其趣。内羼少许核桃仁，外裹以薄薄的豆腐皮以防粘着蒸器。蒸热再吃尤妙，最宜病后。

花糕、月饼是秋季应时食品。北方的“翻毛月饼”并不优于江南的月饼，更与广式月饼不能相比，不过其中有一种山楂馅的翻毛月饼，薄薄的小小的，我认为风味很好，别处所无。大抵月饼不宜过甜，不宜太厚，山楂馅带有酸味，故不觉其腻。至于花糕，则是北平独有之美点，在秋季始有发售，有粗细两品，有荤素两味。主要的是两片枣泥馅的饼，用模子制成，两片之间夹列胡桃、红枣、松子、缩葡之类的干果，上面盖一个红戳子，贴几片芫荽叶。清李静山《都门汇纂》里有这样一首《竹枝词》：

> 中秋才过近重阳，又见花糕各处忙。
> 面夹双层多枣栗，当筵题句傲刘郎。

一般饽饽铺服务周到。我家小园有一架紫藤，花开累累，满树满枝，乃摘少许，洗净，送交饽饽铺代制藤萝饼，鲜花新制，味自不同。又红玫瑰初放（西洋品种肥大而艳，但少香气），亦常摘取花瓣，送交铺中代制玫瑰饼，气味浓馥，不比寻常。

说良心话，北平饼饵除上述几种之外很少有令人怀念的。有人艳称北平的“大八件”“小八件”，实在令人难以苟同。所谓“大八件”无非是油糕、蓼花、大自来红、自来白等，“小八件”不外是鸡油饼、卷酥、绿豆糕、槽子糕之类。自来红、自来白乃是中秋上供的月饼，馅里面有些冰糖，硬邦邦的，大概只宜于给兔儿爷吃。蓼花甜死人！绿豆糕噎死人！“大八件”“小八件”如果装在盒子里，那盒子也吓人，活像一口小棺材，而木板尚未刨光。若是打个蒲包，就好看得多。

有所谓“缸捞”者，有人写作“干酪”，我不知究竟怎样写法。是圆饼子，中央微凸，边微薄，无馅，上面常撒上几许桂花，故称“桂花缸捞”。探视产后妇人，常携此为馈赠。此物松软合度，味道颇佳，我一向喜欢吃。后来听一位在外乡开点心铺的亲戚说，此物乃是聚集笸箩里的各种饽饽碎渣加水揉和再行烘制而成。然物美价廉不失为一种好的食品。“薄脆”也不错，又薄又脆，都算是平民食物。

“茯苓饼”其实没有什么好吃，沾光“茯苓”二字。《淮南子》：“千年之松，下有茯苓。”茯苓是一种地下菌，生在山林中松根之下。李时珍说：“盖松之神，灵之气，伏结而成。”无端给它加上神灵色彩，于是乃入药，大概吃了许有什么神奇之效。北平前门大街正明斋所制茯苓饼最负盛名，从前北人南游常携此物馈赠亲友。直到如今，有人从北平出来还带一盒茯苓饼给我，早已脆碎坚硬不堪入口。即使是新鲜的，也不过是飞薄的两片米粉糊烘成的饼，夹以黑糊糊的一些碎糖黑渣而已。

满洲饽饽还有一品叫作“桌张”，俗称“饽饽桌子”，是丧事人家常用的祭礼。半生不熟的白面饼子，稍加一些糖，堆积起来一层层的有好几尺高，放在灵前供台上的两旁。凡是本家姑奶奶之类的亲属没有不送饽饽桌子的。可壮观瞻，不堪食用。丧事过后，弃之可惜，照例分送亲友以及佣人小孩。我小时候遇见几次丧事，分到过十个八个这样的饽饽。童子无知，称之为“死人饽饽”，放在火炉口边烤熟，啃起来也还不错，比根本没有东西吃好一些。清人得硕亭《竹枝词·草珠一串》有一首咏其事：

满洲糕点样原繁，踵事增华不可言。
惟有桌张遗旧制，几同告朔饩羊存。

佛跳墙

佛跳墙的名字好怪。何物美味竟能引得我佛失去定力跳过墙去品尝？我来台湾以前没听说过这一道菜。

《读者文摘》（一九八三年七月中文版）引载可叵的一篇短文《佛跳墙》，据她说佛跳墙“那东西说来真罪过，全是荤的，又是猪脚，又是鸡，又是海参、蹄筋，炖成一大锅……这全是广告噱头，说什么这道菜太香了，香得连佛都跳墙去偷吃了。”我相信她的话，是广告噱头，不过佛都跳墙，我也一直地跃跃欲试。

同一年三月七日《青年战士报》有一位郑木金先生写过一篇《油画家杨三郎祖传菜名闻艺坛——佛跳墙耐人寻味》，他大致说：“传自福州的佛跳墙……在台北各大餐馆正宗的佛跳墙已经品尝不到了。……偶尔在一般乡间家庭的喜筵里也会出现此道台湾名菜，大都以芋头、鱼皮、排骨、金针菇为主要配料。其实源自福州的佛跳墙，配料极其珍贵。杨太太许玉燕花了十多天闲工夫才能做成的这道菜，有海参、猪蹄筋、红枣、鱼刺、鱼皮、栗子、香菇、蹄膀筋肉等十种昂贵的配料，先熬鸡汁，再将去肉的鸡汁和这些配料予以慢工出细活的好几遍煮法，前后计时将近两星期……已不再是原有的各种不同味道，而合为一味。香醇甘美，齿颊留香，两三天仍回味无穷。”这样说来，佛跳墙好像就是一锅煮得稀巴烂的高级大杂烩了。

北方流行的一个笑话，出家人吃斋茹素，也有老和尚忍耐不住想吃荤腥，暗中买了猪肉运入僧房，乘大众入睡之后，纳肉于釜中，取佛堂燃剩之蜡烛头一罐，轮番点燃蜡烛头于釜下烧之。恐香气外溢，乃密封其釜使不透气。一罐蜡烛头于一夜之间烧光，细火久焖，而釜中之肉烂矣，而且酥软味腴，迥异寻常。戏名之为“蜡头炖肉”。这当然是笑话，但是有理。

我没有方外的朋友，也没吃过蜡头炖肉，但是我吃过“坛子肉”。坛子就是瓦钵，有盖，平常做储食物之用。坛子不需大，高半尺以内最宜。肉及佐料放在坛子里，不需加水，密封坛盖，文火慢炖，稍加冰糖。抗战时在四川，冬日取暖多用炭盆，亦颇适于做坛子肉，以坛置定盆中，烧一大盆缸炭，坐坛子于炭火中而以灰覆炭，使徐徐燃烧，约十小时后炭未尽成烬而坛子肉熟矣。纯用精肉，佐以葱姜，取其不失本味，如加配料以笋为最宜，因为笋不夺味。

“东坡肉”无人不知。究竟怎样才算是正宗的东坡肉，则去古已远，很难说了。幸而东坡有一篇《猪肉颂》：

净洗铛，少著水，

柴头灶烟焰不起。

待他自熟莫催他，

火候足时他自美。

黄州好猪肉，价贱如泥土，

贵者不肯吃，贫者不解煮。

早晨起来打两碗，

饱得自家君莫管。

看他的说法，是晚上煮了第二天早晨吃，无他秘诀，小火慢煨而已。也是循蜡头炖肉的原理。就是坛子肉的别名吧？

一日，唐嗣尧先生招余夫妇饮于其巷口一餐馆，云其佛跳墙值得一尝，乃欣然往。小罐上桌，揭开罐盖热气腾腾，肉香触鼻。是否及得杨三郎先生家的佳制固不敢说，但亦颇使老饕满意。可惜该餐馆不久歇业了。

我不是远庖厨的君子，但是最怕做红烧肉。因为我性急而健忘，十次烧肉九次烧焦，不但糟蹋了肉，而且烧毁了锅，满屋浓烟，邻人以为是失了火。近有所谓电慢锅者，利用微弱电力，可以长时间地煨煮肉类，对于老而且懒又没有记性的人颇为有用，曾试烹近似佛跳墙一类的红烧肉，很成功。

粥

我不爱吃粥。小时候一生病就被迫喝粥。因此非常怕生病。平素早点总是烧饼、油条、馒头、包子，非干物生噎不饱。抗战时在外做客，偶寓友人家，早餐是一锅稀饭，四色小菜大家分享。一小块酱豆腐在碟子中央孤立，一小撮花生米疏疏落落地撒在盘子中，一根油条斩做许多碎块堆在碟中成一小丘，一个完整的皮蛋在酱油碟里晃来晃去。不能说是不丰盛了，但是干噎惯了的人就觉得委屈，如果不算是虐待。

也有例外。我母亲若是亲自熬一小薄铫儿的粥，分半碗给我吃，我甘之如饴。薄铫儿即是有柄有盖的小砂锅，最多能煮两小碗粥，在小白炉子的火口边上煮。不用剩饭煮，用生米淘净慢煨。水一次加足，不半途添水。始终不加搅和，任它翻滚。这样煮出来的粥，黏和，烂，而颗颗米粒是完整的，香。再佐以笋尖火腿糟豆腐之类，其味甚佳。

一说起粥，就不免想起从前北方的粥厂，那是慈善机关或好心人士施舍救济的地方。每逢冬天就有不少鹑衣百结的人排队领粥。“饘粥不继”就是形容连粥都没得喝的人。“饘”是稠粥，粥指稀粥。喝粥暂时装满肚皮，不能经久。喝粥聊胜于喝西北风。

不过我们也必须承认，某些粥还是蛮好喝的。北方人家熬粥熟，有时加上大把的白菜心，俟菜烂再撒上一些盐和麻油，别有风味。名为“菜粥”。若是粥煮好后取嫩荷叶洗净铺在粥上，粥变成淡淡的绿色，有一股荷叶的清香渗入粥内，是为“荷叶粥”。从前北平有所谓粥铺，清晨卖“甜浆粥”，是用一种碎米熬成的稀米汤，有一种奇特的风味，佐以特制的螺丝转儿、炸麻花儿，是很别致的平民化早点，但是不知何故被淘汰了。还有所谓大麦粥，是沿街叫卖的平民食物，有异香，也不见了。

台湾消夜所谓“清粥小菜”，粥里经常羼有红薯，味亦不恶。小菜真正是小盘小碗，荤素俱备。白日正餐大鱼大肉，消夜啜粥甚宜。

腊八粥是粥类中的综艺节目。北平雍和宫煮腊八粥，据《旧京风俗志》，是由内务府主办，兴师动众，这一顿粥要耗十万两银子！煮好先恭呈御用，然后分别赏赐王公大臣，这不是喝粥，这是招摇。然而煮腊八粥的风俗深入民间至今弗辍。我小时候喝腊八粥是一件大事。午夜才过，我的二舅爹爹（我父亲的二舅父）就开始作业，搬出擦得锃光大亮的大小钢锅两个，大的高一尺开外，口径约一尺。然后把预先分别泡过的五谷杂粮如小米、红豆、老鸡头、薏仁米，以及粥果如白果、栗子、胡桃、红枣、桂圆肉之类，开始熬煮，不住地用长柄大勺搅动，防粘锅底。两锅内容不太一样，大的粗糙些，小的细致些，以粥果多少为别。此外尚有额外精致粥果另装一盘，如瓜子仁、杏仁、葡萄干、红丝青丝、松子、蜜饯之类，准备临时放在粥面上的。等到腊八早晨，每人一大碗，尽量加红糖，稀里呼噜地喝个尽兴。家家熬粥，家家送粥给亲友，东一碗来，西一碗去，真是多此一举。剩下的粥，倒在大绿釉瓦盆里，自然凝冻，留到年底也不会坏。自从丧乱，年年过腊八，年年有粥喝，兴致未减。但材料难求，因陋就简，虚应故事而已。

蟹

蟹是美味，人人喜爱，无间南北，不分雅俗。当然我说的是河蟹，不是海蟹。在台湾有人专程飞到香港去吃大闸蟹。好多年前我的一位朋友从香港带回了一篓螃蟹，分飨了我两只，得膏馋吻。蟹不一定要大闸的，秋高气爽的时节，大陆上任何湖沼溪流，岸边稻米高粱一熟，率多盛产螃蟹。在北平，在上海，小贩担着螃蟹满街吆唤。

七尖八团，七月里吃尖脐（雄），八月里吃团脐（雌），那是蟹正肥的季节。记得小时候在北平，每逢到了这个季节，家里总要大吃几顿，每人两只，一尖一团。照例通知长发送五斤花雕全家共饮。有蟹无酒，那是大煞风景的事。《晋书·毕卓传》："右手持酒杯，左手持蟹螯，拍浮酒船中，便足了一生矣！"我们虽然没有那样狂，也很觉得乐陶陶了。母亲对我们说，她小时候在杭州家里吃螃蟹，要慢条斯理，细吹细打，一点蟹肉都不能糟蹋，食毕要把破碎的蟹壳放在戥子上称一下，看谁的一份儿分量轻，表示吃得最干净，有奖。我心粗气浮，没有耐心，蟹的小腿部分总是弃而不食，肚子部分囫囵略咬而已。每次食毕，母亲教我们到后院采择艾尖一大把，搓碎了洗手，去腥气。

在餐馆里吃“炒蟹肉”，南人称炒蟹粉，有肉有黄，免得自己剥壳，吃起来痛快，味道就差多了。西餐馆把蟹肉剥出来，填在蟹匡里烤，那种吃法别致，也索然寡味。食蟹而不失原味的唯一方法是放在笼屉里整只地蒸。在北平吃螃蟹唯一好去处是前门外肉市正阳楼。他家的蟹特大而肥，从天津运到北平的大批蟹，到车站开包，正阳楼先下手挑拣其中最肥大者，比普通摆在市场或摊贩手中者可以大一倍有余，我不知道他是怎样获得这一特权的。蟹到店中储在大缸里，浇鸡蛋白催肥，一两天后才应客。我曾掀开缸盖看过，满缸的蛋白泡沫。食客每人一份小木槌小木垫，黄杨木制，旋床子定制的，小巧合用，敲敲打打，可免牙咬手剥之劳。我们因为是老主顾，伙计送了我们好几副这样的工具。这个伙计还有一样绝活，能吃活蟹，请他表演他也不辞。他取来一只活蟹，两指掐住蟹匡，任它双螯乱舞，轻轻把脐掰开，咔嚓一声把蟹壳揭开，然后扯碎入口大嚼，看得人无不心惊。据他说味极美，想来也和吃炝活虾差不多。在正阳楼吃蟹，每客一尖一团足矣，然后补上一碟烤羊肉夹烧饼而食之，酒足饭饱。别忘了要一碗氽大甲，这碗汤妙趣无穷，高汤一碗煮沸，投下剥好了的蟹螯七八块，立即起锅注在碗内，撒上芫荽末、胡椒粉和切碎了的回锅老油条。

除了这一味氽大甲，没有任何别的羹汤可以压得住这一餐饭的阵脚。以蒸蟹始，以大甲汤终，前后照应，犹如一篇起承转合的文章。

蟹黄蟹肉有许多种吃法，烧白菜，烧鱼唇，烧鱼翅，都可以。蟹黄烧卖则尤其可口，唯必须真有蟹黄蟹肉放在馅内才好，不是一两小块蟹黄摆在外面做样子的。蟹肉可以腌后收藏起来，是为“蟹胥”，俗名为“蟹酱”，这是我们古已有之的美味。《周礼·天官·庖人》注：“青州之蟹胥”。青州在山东，我在山东住过，却不曾吃过青州蟹胥，但是我有一位家在芜湖的同学，他从家乡带了一小坛蟹酱给我。打开坛子，黄澄澄的蟹油一层，香气扑鼻。一碗阳春面，加进一两匙蟹酱，岂止是“清水变鸡汤”？

海蟹虽然味较差，但是个子粗大，肉多。从前我乘船路过烟台威海卫，停泊之后，舢板云集，大半是贩卖螃蟹和大虾的。都是煮熟了的。价钱便宜，买来就可以吃。虽然微有腥气，聊胜于无。生平吃海蟹最满意的一次，是在美国华盛顿州的安哲利斯港的码头附近，买得两只巨蟹，硕大无朋，从冰柜里取出，却十分新鲜，也是煮熟了的，一家人乘等候轮渡之便，在车上分而食之，味甚鲜美，和河蟹相比各有千秋，这一次的享受至今难忘。

陆放翁诗：“磊落金盘荐糖蟹。”我不知道螃蟹可以加糖。可是古人记载确有其事。《清异录》：“炀帝幸江州，吴中贡糖蟹。”《梦溪笔谈》：“大业中，吴郡贡蜜蟹二千头。……又何胤嗜糖蟹。大抵南人嗜咸，北人嗜甘，鱼蟹加糖蜜，盖便于北俗也。”

如今北人没有这种风俗，至少我没有吃过甜螃蟹，我只吃过南人的醉蟹，真咸！螃蟹蘸姜醋，是标准的吃法，常有人在醋里加糖，变成酸甜的味道，怪！

锅烧鸡

北平的饭馆几乎全属烟台帮，济南帮兴起在后。烟台帮中致美斋的历史相当老。清末魏元旷《都门琐记》谈到致美斋："致美斋以四做鱼名，盖一鱼而四做之，子名'万鱼'，与头尾皆红烧，酱炙中段，余或炸炒，或醋熘、糟熘。"致美斋的鱼是做得不错，我最欣赏的却别有所在。锅烧鸡是其中之一。

先说致美斋这个地方。店坐落在煤市街，坐东面西，楼上相当宽敞，全是散座。因生意鼎盛，在对面一个非常细窄的尽头开辟出一个致美楼，楼上楼下全是雅座。但是厨房还是路东的致美斋的老厨房，做好了菜由小利巴提着盒子送过街。所以这个雅座非常清静。左右两个楼梯，由左梯上去正面第一个房间是我随侍先君经常占用的一间，窗户外面有一棵不知名的大树遮掩，树叶很大，风也萧萧，无风也萧萧，很有情调。我第一次吃醉酒就是在这个房间里。几杯花雕下肚之后还索酒吃，先君不许，我站在凳子上舀起一大勺汤泼将过去，泼溅在先君的两截衫上，随后我即晕倒，醒来发觉已在家里。这一件事我记忆甚清，时年六岁。

锅烧鸡要用小嫩鸡，北平俗语称之为“桶子鸡”，疑系“童子鸡”之讹。严辰《忆京都词》有一首：

忆京都·桶鸡出便宜

衰翁最便宜无齿，制仿金陵突过之。

不似此间烹不热，关西大汉方能嚼。

注云：“京都便宜坊桶子鸡，色白味嫩，嚼之可无渣滓。”他所谓便宜坊桶子鸡，指生的鸡，也可能是指熏鸡。早年一圆钱可以买四只。南京的油鸡是有名的，广东的白切鸡也很好，其细嫩并不在北平的之下。严辰好像对北平桶子鸡有偏爱。

我所谓桶子鸡是指那半大不小的鸡，也就是做“炸八块”用的那样大小的鸡。整只的在酱油里略浸一下，下油锅炸，炸到皮黄而脆。同时另锅用鸡杂（即鸡肝、鸡胗、鸡心）做一小碗卤，连鸡一同送出去。照例这只鸡是不用刀切的，要由跑堂的伙计站在门外用手来撕的，撕成一条条的，如果撕出来的鸡不够多，可以在盘子里垫上一些黄瓜丝。连鸡带卤一起送上桌，把卤浇上去，就成为爽口的下酒菜。

何以称之为锅烧鸡，我不大懂。坐平浦火车路过德州的时候，可以听到好多老幼妇孺扯着嗓子大叫：“烧鸡烧鸡”！旅客伸手窗外就可以购买。早先大约一圆可买三只，烧得焦黄油亮，劈开来吃，咸滋滋的，挺好吃。（夏天要当心，外表亮光光，里面可能大蛆咕咕嚷嚷！）这种烧鸡是用火烧的，也许馆子里的烧鸡加上一个锅字，以示区别。

爆双脆

爆双脆是北方山东馆的名菜。可是此地北方馆没有会做爆双脆的。如果你不知天高地厚，进北方馆就点爆双脆，而该北方馆竟也不知地厚天高硬敢应这一道菜，结果一定是端上来一盘黑不溜秋的死眉瞪眼的东西，一看就不起眼，入口也嚼不烂，令人败兴。就是在北平东兴楼或致美斋，爆双脆也是称量手艺的菜，利巴头二把刀（按：即称某项工作知识不足、技术不高的人）是不敢动的。

所谓双脆，是鸡胗和羊肚儿，两样东西旺火爆炒，炒出来红白相间，样子漂亮，吃在嘴里韧中带脆，咀嚼之际自己都能听到咯吱咯吱地响。鸡胗易得，拣肥大者去里儿，所谓去里儿就是把附在上面的一层厚皮去掉。我们平常在山东馆子叫"清炸胗"，总是附带关照茶房一声："要去里儿！"即因去了里儿才能嫩。一般人不知去里儿，嚼起来要吐核儿，不是味道。肚子是羊肚儿，而且是厚肥的肚领儿，而且是剥皮的肚仁儿，这才够资格成为一脆。求羊肚儿而不可得，猪肚儿代替，那就逊色多了。鸡胗和肚子都要先用刀划横竖痕，越细越好，目的是使油容易渗透而热力迅速侵入，因为这道菜纯粹是靠火候。两样东西不能一起过油炒。鸡胗需时稍久，要先下锅，羊肚儿若是一起下锅，结果不是肚子老了就是鸡胗不够熟。这两样东西下锅爆炒勾汁，来不及用铲子翻动，必须端起锅来把锅里的东西抛向半空中打个滚再落下来，液体固体一起掂起，连掂三五下子，熟了。这不是特技表演，这是火候必需的功夫。在旺火熊熊之前，热油泼溅之际，把那本身好儿斤重的铁锅只手要那两下子，没有一点手艺行吗？难怪此地山东馆，不敢轻易试做爆双脆，一来材料不齐，二来高手难得。

谈到这里，想到北平的爆肚儿。

肚儿是羊肚儿，口北（即长城以北的地方）的绵羊又肥又大，羊胃有好儿部分：散淡、葫芦、肚板儿、肚领儿，以肚领儿为最厚实。馆子里卖的爆肚儿以肚领儿为限，而且是剥了皮的，所以称之为肚仁儿。爆肚仁儿有三种做法：盐爆、油爆、汤爆。盐爆不勾芡粉，只加一些芫荽梗葱花，清清爽爽。油爆要勾大量芡粉，黏黏糊糊。汤爆则是清汤汆煮，完全本味，蘸卤虾油吃。三种吃法各有妙处。记得从前在外留学时，想吃的家乡菜以爆肚儿为第一。后来回到北平，东车站一下车，时已过午，料想家中午饭已毕，乃把行李寄存车站，步行到煤市街致美斋独自小酌，一口气叫了三个爆肚儿——盐爆、油爆、汤爆，吃得我牙根清酸。然后一个清油饼一碗烩两鸡丝，酒足饭饱，大摇大摆还家。生平快意之餐，隔五十余年犹不能忘。

烩银丝也很可口。煮烂了的肚板儿切成细丝，烩出来颜色雪白。煮前一定要洗得干净才成。在家里自己煮羊肚儿也并不难。除去草芽之后用盐巴用力翻来翻去地搓，就可以搓得雪白，而且可以除去膻气。整个羊胃，一律切丝，宽汤慢煮，煮烂为止。

东安市场及庙会等处都有卖爆肚儿的摊子，以水爆为限，而且草芽未除，煮出来乌黑一团，虽然也很香脆，只能算是平民食物。

乌鱼钱

东兴楼又一名馔曰“乌鱼钱”。做法简单，江浙馆皆优为之，而在北平东兴楼最擅胜场。

乌鱼就是墨鱼，亦称“乌贼”，不是我们这里盛产乌鱼子的“乌鱼”。俗谓“乌鱼蛋”，因蛋字不雅，以其小小圆圆薄薄的形状似制钱，故称“乌鱼钱”。而事实上也不是蛋，鱼卵哪有这样大？谁又有本领把它切得那样薄，那样匀？我一直以为那是蛋。有一年在青岛顺兴楼饮宴，上了这样一碗羹，皆夸味美。座中有一位曾省教授，是研究海洋渔产的专家，他说这是乌贼的子宫，等于包着鱼卵的胞衣，晒干之后就成了片片的形状。我这才恍然大悟。

乌鱼钱制羹，要用清澈的高汤。鱼钱发好，洗净入沸汤煮熟，略勾粉芡，但勿过稠，临上桌时撒芫荽末、胡椒粉，加少许醋，使微酸，杀腥气。

铁锅蛋

北平前门外大栅栏中间路北有一个窄窄的小胡同，走进去不远就走到底，迎面是一家军衣庄，靠右手一座小门儿，上面高悬一面扎着红绸的黑底金字招牌“厚德福饭庄”。看起来真是不起眼，局促在一个小巷底，没去过的人还是不易找到。找到了之后看那门口里面黑咕隆咚的，还是有些不敢进去。里面楼上楼下各有两三个雅座，另外三五个散座，那座楼梯又陡又窄，险峻难攀。可是客人一踏进二门，柜台后门的账房苑先生就会扯着大嗓门儿高呼：“看座儿！”他的嗓门儿之大是有名的，常有客人一进门就先开口：“您别喊，我带着孩子呢，小孩儿害怕。”

厚德福饭庄地方虽然逼仄，名气不小，是当时唯一老牌的河南馆子。本是烟馆，所以一直保存那些短炕，附带着卖些点心之类，后来实行烟禁，就改为饭馆了。掌柜的陈莲堂是开封人，很有一把手艺，能制道地的河南菜。时值袁世凯当国，河南人士弹冠相庆之下，厚德福的声誉因之鹊起。嗣后生意日盛，但是风水关系，老址绝不迁移，而且不换装修，一副古老简陋的样子数十年不变。为了扩充营业，先后在北平的城南游艺园、沈阳、长春、黑龙江、西安、青岛、上海、香港、重庆、北碚等处开设分号。陈掌柜手下高徒，一个个的派赴各地分号掌勺。这是厚德福的简史。

厚德福的拿手菜颇有几样，请先谈谈铁锅蛋。

吃鸡蛋的方法很多，炒鸡蛋最简单。常听人谦虚地说："我不会做菜，只会炒鸡蛋。"说这句话的人一定不会把一盘鸡蛋炒得像个样子。摊鸡蛋是把打过的蛋煎成一块圆形的饼，"烙饼卷摊鸡蛋"是北方乡下人的美食。蒸蛋羹花样繁多，可以在表面上敷一层干贝丝、虾仁、蛤蜊肉……至不济撒上一把肉松也成。厚德福的铁锅蛋是烧烤的，所以别致。当然先要置备黑铁锅一个，口大底小而相当高，铁要相当厚实。在打好的蛋里加上油盐佐料，羼一些肉末绿豌豆也可以，不可太多，然后倒在锅里放在火上连烧带烤，烤到蛋涨到锅口，作焦黄色，就可以上桌了。这道菜的妙处在于铁锅保温，上了桌还有滋滋响的滚沸声，这道理同于所谓的"铁板烧"，而保温之久犹过之。我的朋友李清悚先生对我说，他们南京人所谓"涨蛋"也是同样的好吃。我到他府上尝试过，确是不错，蛋涨得高高的起蜂窝，切成菱形块上桌，其缺憾是不能保温，稍一冷却蛋就缩塌变硬了。还是要让铁锅蛋独擅胜场。

赵太侔先生在厚德福座中一时兴起，点了铁锅蛋，从怀中掏出一元钱，令伙计出去买干奶酪（cheese），嘱咐切成碎丁羼在蛋里，要美国奶酪，不要瑞士的，因为美国的比较味淡，容易被大家接受。做出来果然气味喷香，不同凡响，从此悬为定例，每吃铁锅蛋必加奶酪。

现在我们有新式的电炉烤箱，不一定用铁锅，禁烧烤的玻璃盆（casserole）照样地可以做这道菜，不过少了铁锅那种原始粗犷的风味。

薄饼

古人有“春盘”之说，《通俗编·四时宝鉴》：“立春日，唐人作春饼生菜，号春盘。”春盘即后来所谓春饼。春天吃饼，好像各地至今仍有此种习俗。我所谈的薄饼，专指北平的吃法，且不限于岁首。

薄饼需热水和面，开水更好，烙出来才能软。两张饼为一盒。两块面团上下叠起，中间抹上麻油，然后擀成薄饼，放在热锅上烙，火要微，不需加油。俟饼变色，中间凸起，翻过来再烙片刻即熟。取出撕开，但留部分相连，放在一边用布盖上，再继续烙十盒二十盒。

薄饼是要卷菜吃的。菜分熟菜、炒菜两部分。

所谓熟菜就是从便宜坊叫来的苏盘，有大小两种，六十年前小者一圆，大者约二圆。漆花的圆盒子，盒子里有一个大盘子，盘子上一圈扇形的十个八个木头墩儿，中间一个小圆墩儿。每一扇形木墩儿摆一种切成细丝的熟菜，通常有下列几种：

酱肘子

熏肘子（白肉熏得微黄）

大肚儿（猪的胃）

小肚儿（膀胱灌肉末芡粉松子）

香肠（羼有豆蔻素沙，香）

烧鸭

熏鸡

清酱肉

炉肉（五花三层的烤肉，皮酥脆）

这些切成丝的肉，每样下面垫着小方块的肉，凸起来显着饱满的样子。中间圆墩则是一盘杂合菜。这一个苏盘很是壮观。

家里自备炒菜必不可少的是：摊鸡蛋，切成长条；炒菠菜；炒韭黄肉丝；炒豆芽菜；炒粉丝。若是韭黄肉丝、粉丝、豆芽菜炒在一起便是“合菜”，上面盖上一张摊鸡蛋，便是所谓“合菜戴帽儿”了。

此外一盘葱一盘甜面酱，羊角葱最好，细嫩。

吃的方法太简单了，把饼平放在大盘子上，单张或双张均可，抹酱少许，葱数根，从苏盘中每样捡取一小箸，再加炒菜，最后放粉丝。卷起来就可以吃了，有人贪，每样菜都狠狠地拣，结果饼小菜多，卷不起来，即使卷起来也竖立不起来。于是出馊招，卷饼的时候中间放一根筷子，竖起之后再把筷子抽出。那副吃相，下作！

饼吃过后，一碗“罐儿汤”似乎是必需的。“罐儿汤”和酸辣汤近似，但是不酸不辣，扑一个鸡蛋在内就成了。加些金针、木耳更好。

吃一回薄饼，餐桌上布满盘碗，其实所费无多。我犹嫌其麻烦，乃常削减菜数，仅备一盘熟肉切丝，一盘摊鸡蛋，一盘豆芽菜炒丝，一盘粉丝，名之曰“简易薄”。每食简易薄，儿辈辄欢呼不已，一个孩子保持一次吃七卷双张的纪录！

水晶虾饼

虾，种类繁多。《尔雅翼》所记：“闽中五色虾，长尺余，具五色。梅虾，梅雨时有之。芦虾，青色，相传芦苇所变。泥虾，稻花变成，多在泥田中。又虾姑，状如蜈蚣，一名管虾。”芦苇、稻花会变虾，当然是神话。

虾不在大，大了反倒不好吃。龙虾一身铠甲，须爪戟张，样子十分威武多姿，可是剥出来的龙虾肉，只合做沙拉，其味不过尔尔。大抵咸水虾，其味不如淡水虾。

虾要吃活的，有人还喜活吃。西湖楼外楼的“炝活虾”，是在湖中用竹篓养着的，临时取出，欢蹦乱跳，剪去其须吻足尾，放在盘中，用碗盖之。食客微启碗沿，以箸挟取之，在旁边的小碗酱油麻油醋里一蘸，送到嘴边用上下牙齿一咬，像嗑瓜子一般，吮而食之。吃过把虾壳吐出，犹咕咕嚷嚷的在动。有时候嫌其过分活跃，在盘里泼进半杯烧酒，虾乃颓然醉倒。据闻有人吃活虾不慎，虾一跃而戳到喉咙里，几致丧生。生吃活虾不算稀奇，我还看见过有人生吃活螃蟹呢！

炝活虾，我无福享受。我只能吃油爆虾、盐焗虾、白灼虾。若是嫌剥壳麻烦，就只好吃炒虾仁、烩虾仁了。说起炒虾仁，做得最好的是福建馆子，记得北平西长安街的忠信堂是北平唯一有规模的闽菜馆，做出来的清炒虾仁不加任何配料，满满一盘虾仁，鲜明透亮，而且软中带脆。闽人善治海鲜当推独步。烩虾仁则是北平饭庄的拿手，馆子做不好。饭庄的酒席上四小碗其中一定有烩虾仁，羼一点荸荠丁、勾芡，一切恰到好处。这一炒一烩，全是靠使油及火候，灶上的手艺一点也含糊不得。

虾仁剁碎了就可以做炸虾球或水晶虾饼了。不要以为剁碎了的虾仁就可以用不新鲜的剩货充数，瞒不了知味的吃客。吃馆子的老主顾，堂倌也不敢怠慢，时常会用他的山东腔说：“二爷！甭起虾夷儿了，虾夷儿不信香。”（不用吃虾仁了，虾仁不新鲜。）堂倌和吃客合作无间。

水晶虾饼是北平锡拉胡同玉华台的杰作。和一般的炸虾球不同，一定要用白虾，通常是青虾比白虾味美，但是做水晶虾饼非白虾不可，为的是做出来颜色纯白。七分虾肉要加三分猪板油，放在一起剁碎，不要碎成泥，加上一点点芡粉，葱汁姜汁，捏成圆球，略按成厚厚的小圆饼状，下油锅炸，要用猪油，用温油。炸出来白如凝脂，温如软玉，入口松而脆。蘸椒盐吃。

自从我知道了水晶虾饼里大量羼猪油，就不敢常去吃它。连带着对一般馆子的炸虾球，我也有戒心了。

咖喱鸡

我小时候不知咖喱粉是什么东西做的，以为像是咖啡豆似的磨成的。吃过无数次咖喱鸡之后才晓得咖喱粉乃是几种香料调味品混制而成。此物最初盛行于印度南部及锡兰（按：即今斯里兰卡）一带。咖喱是 curry 的译音，字源是印度南部坦米尔语的 kari，意为调味酱。咖喱粉的成分不一，有多至十种八种者，主要的是小茴香（cumin）、胡荽（coriander）和郁金根（turmeric），黄色是来自郁金根。各种配料的成分比例不一致，故各种品牌的咖喱粉之味色亦不一样，有的很辣，有的很黄，有的很香。

凡是用咖喱粉调制的食品皆得称之为咖喱。最为大家所习知的是咖喱鸡（chicken curry）。我在一九一二年左右初尝此味，印象极深。东安市场的中兴茶楼，老板傅心齐很善经营，除了卖茶点之外兼做简单西餐。他对先君不断地游说："请尝尝我们的牛扒（牛排），不在六国饭店的之下；请尝尝我们的咖喱鸡，物美价廉。"

牛肉不愿尝试，先叫了一份咖喱鸡，果然滋味不错。他们还应外叫，一元钱四只笋鸡，连汁汤满满一锅送到府上。我们时常打个电话，叫两元的咖喱鸡，不到一小时就送到，家里只消预备白饭，便可享有丰盛的一餐，家人每个可以分到一只小鸡，最称心的是咖喱汤泡饭，每人可以罄两碗。

其实这样的咖喱鸡可说是很原始的，只是白水煮鸡，汤里加些芡粉使稠，再加咖喱粉，使成为黄澄澄、辣兮兮的而已。因为咖喱的香味是从前没尝过的，遂觉非常可喜。考究一点的做法是鸡要先下油锅略炸，然后再煮，汤里要有马铃薯的碎块，煮得半烂成泥，鸡汤自然稠和，不需勾芡。有人试过不用马铃薯，而用大干蚕豆，效果一样地好。

高级西餐厅的咖喱鸡，除了几块鸡和一小撮白饭之外，照例还有一大盘各色配料，如肉松、鱼松、干酪屑、炸面包丁、葡萄干之类，任由取用。也有另加一勺马铃薯泥做陪衬的。我并不喜欢这些杂七杂八的东西，杂料太多，徒乱人意。我要的只是几块精嫩的鸡肉，充足的咖喱汁，适量的白饭。

印度人吃咖喱鸡饭和吃别的东西一样，是用手抓的。初闻为之骇然。继而一想，我们古时也不免用手抓饭。《礼记·曲礼》："共饭不泽手。"（注："泽，谓挼莎也。"）《疏》："古之礼，饭不用箸，但用手，既与人共饭，手宜洁净，不得临食始挼莎手乃食，恐为人秽也。"意思是说，饭前要把手洗干净，不可临时搓搓手就去抓饭。古已有箸而不用，要用手抓，不晓得其故安在。直到晚近，新疆的一些少数民族不是还吃抓饭、抓肉吗？我还是不明白，咖喱鸡饭如何能用手抓。

狮子头

狮子头，扬州名菜。大概是取其形似，而又相当大，故名。北方饭庄称之为四喜丸子，因为一盘四个。北方做法不及扬州狮子头远甚。

我的同学王化成先生，扬州人，幼失怙，赖姑氏扶养成人，姑善烹调，化成耳濡目染，亦通调和鼎鼐之道。化成官外交部多年，后外放葡萄牙公使历时甚久，终于任上。他公余之暇，常亲操刀俎，以娱嘉宾。狮子头为其拿手杰作之一，曾以制作方法见告。

狮子头人人会做，巧妙各有不同。化成教我的方法是这样的——

首先取材要精。细嫩猪肉一大块，七分瘦三分肥，不可有些许筋络纠结于其间。切割之际最要注意，不可切得七歪八斜，亦不可剁成碎泥，其秘诀是“多切少斩”。挨着刀切成碎丁，越碎越好，然后略为斩剁。

次一步骤也很重要。肉里不羼芡粉，容易碎散；加了芡粉，黏糊糊的不是味道。所以调好芡粉要抹在两个手掌上，然后捏搓肉末成四个丸子，这样丸子外表便自然糊上了一层芡粉，而里面没有。把丸子微微按扁，下油锅炸，以丸子表面紧绷微黄为度。

再下一步是蒸。碗里先放一层转刀块冬笋垫底，再不然就横切黄芽白做墩形数个也好。把炸过的丸子轻轻放在碗里，大火蒸一个钟头以上。揭开锅盖一看，浮着满碗的油，用大匙把油撇去，或用大吸管吸去，使碗里不见一滴油。

这样的狮子头，不能用筷子夹，要用羹匙舀，其嫩有如豆腐。肉里要加葱汁、姜汁、盐。愿意加海参、虾仁、荸荠、香蕈，各随其便，不过也要切碎。

狮子头是雅舍食谱中重要的一色。最能欣赏的是当年在北碚的编译馆同仁萧毅武先生，他初学英语，称之为“莱阳海带”，见之辄眉飞色舞。化成客死异乡，墓木早拱矣，思之怃然！

醋熘鱼

清梁晋竹《两般秋雨庵随笔》:“西湖醋熘鱼，相传是宋五嫂遗制，近则工料简涩，直不见其佳处。然名留刀匕，四远皆知。”番禺方像枰孝廉恒泰《西湖词》云:

小泊湖边五柳居，当筵举网得鲜鱼。
味酸最爱银刀鲙，河鲤河鲂总不如。

梁晋竹是清道光时人，距今不到二百年，他已感叹当时的西湖醋熘鱼之徒有虚名。宋五嫂的手艺，吾固不得而知，但是七十年前侍先君游杭，在楼外楼尝到的醋熘鱼，仍惊叹其鲜美，嗣后每过西湖辄登楼一膏馋吻。楼在湖边，凭窗可见巨篓系小舟，篓中畜鱼待烹，固不必举网得鱼。普通选用青鱼，即草鱼，鱼长不过尺，重不逾半斤，宰割收拾过后氽以沸汤，熟即起锅，勾芡调汁，浇在鱼上，即可上桌。

醋熘鱼当然是汁里加醋，但不宜加多，可以加少许酱油，亦不能多加。汁不要多，也不要浓，更不要油，要清清淡淡，微微透明。上面可以略撒姜末，不可加葱丝，更绝对不可加糖。如此方能保持现杀活鱼之原味。

现时一般餐厅，多标榜西湖醋熘鱼，与原来风味相去甚远。往往是浓汁满溢，大量加糖，无复清淡之致。